Les Rhapsodies Passionnées

ŒUVRES DU MÊME AUTEUR

POÉSIE

La Vocation du Poète.(épuisé). 1 vol. . . . . 1 »

PROSE

Les Romans de la Voie Sacrée.

I. Athénienne (.*Athènes*). 12ᵉ édit. 1 vol. 3 50
II. Leuconoé (*Sparte*). 2ᵉ édition. 1 vol. 3 50

EN PRÉPARATION

III. Le Fils de la Lionne (*Syracuse*).
IV. L'Éphèbe (*Corinthe*).
V. Éternité! (*Byzance.*)

Sous les Lauriers-roses (*Scènes de la vie antique*). 1 vol. 3 50
Mˠ Surinet-Durand, Officier d'Académie.
    3ᵉ édition. 1 vol. 3 50

Comte du BOIS

Les
Rhapsodies Passionnées

FAC ET SPERA

PARIS

ALPHONSE LEMERRE, ÉDITEUR

23-31, PASSAGE CHOISEUL, 23-31

M DCCCCI

Dédicace

Should
in any literature,
Loves' cry be found more sincere,
more passionate,
Let this book be doomed to nothingness...
It is unworthy of my love
and of Thy beauty!

Préface

LA PASSION RÉDEMPTRICE

LA PASSION RÉDEMPTRICE

ÉTUDE D'ESTHÉTIQUE PASSIONNELLE

I

AU moment d'entrer dans un nouveau siècle, tous ceux qui jettent un coup d'œil en arrière ne peuvent s'empêcher d'éprouver un sentiment d'orgueil, en considérant les progrès que l'humanité a accomplis. Depuis quatre mille ans, à peine, que l'histoire enregistre les évolutions de la race humaine, celles-ci ont marqué de telles améliorations, de tels développements, qu'il devient impossible, pour tout esprit non prévenu, de ne pas se rendre à l'évidence des théories auxquelles l'immortel Darwin a donné son nom. Il y a plus de distance entre un homme de notre époque et un des barbares qui anéantirent la civilisation romaine, qu'il n'y en avait entre ce barbare et l'Homme des cavernes.

Ce fait du perfectionnement de l'espèce, évident si l'on compare, en bloc, la race aux deux époques, semblera peut-être plus discutable si l'on rapproche un de nos contemporains d'intelligence médiocre et d'éducation moyenne, d'un de ces hommes de génie qui, il y a dix-huit siècles, conquirent l'immortalité, par la nouveauté de leurs idées, l'élévation de leurs sentiments, la pureté de leur morale, la sagesse de leur philosophie. Dût-on m'accuser de manquer de respect à ces ancêtres augustes, je n'hésite pas à dire que les médiocres d'aujourd'hui valent mieux que les plus grands de ces temps reculés.

Si l'on pouvait mettre Cicéron ou Socrate en face d'un de nos normaliens, on verrait combien de leçons utiles celui-ci aurait à leur donner, tandis que lui-même n'aurait rien à apprendre d'eux.

Et ce qui intéresserait ces hommes de génie, ces créateurs, dans les leçons de cet humble, ce ne seraient pas seulement les grandes découvertes de la Science moderne, ce seraient surtout nos nouvelles conceptions de la Divinité, de l'Amour, de la Vie, de l'Humanité; les

modifications de l'idée du Bien, devant notre intelligence, de la notion du Beau, devant notre goût.

Notre conscience est plus éclairée, elle juge à la
lumière des principes d'une morale plus élevée et plus
noble.

Notre intelligence a vu le vide et le néant de sys-
tèmes philosophiques plus rationnels que ceux enfantés
par l'Antiquité, et si le cercle de nos théories ne s'est
pas resserré autant que pourraient le désirer nos âmes
anxieuses d'approcher la vérité, nous avons du moins
remplacé par des faits les visions et les hypothèses qui
avaient servi de base aux doctrines philosophiques des
penseurs de Rome et d'Athènes.

Notre goût est plus sévère, plus raffiné. Notre idéal
à la fois plus vaste et moins indéterminé. Nous avons
vu plus de beauté et, avec un talent égal, nous pouvons
distinguer plus facilement ce qui est beau.

C'est surtout à ce point de vue, au point de vue de
l'Art, que je voudrais faire passer en celui qui me lit
la conviction que nous avons marché à pas de géants et
qu'un médiocre artiste de notre temps en remontrerait
aux plus grands génies de l'Antiquité.

La loi du progrès est fatale et inéluctable. Si l'on
admet que l'homme évolue, se raffine et se perfectionne,

il faut admettre que l'intelligence suit la même progression et que l'Art, la plus haute expression de l'intelligence, subit l'influence des évolutions de nos facultés intellectuelles.

Cette proposition qui semblera absurde et téméraire à beaucoup de bons esprits, n'en est pas moins parfaitement logique, rationnelle et basée sur les principes les moins discutés de la science moderne. La vérité qu'elle contient s'explique d'ailleurs aisément : l'exemple de nos devanciers sert, à ceux d'entre nous qui ne les valent pas, à faire aussi bien qu'eux, et il aide ceux qui les valent, à faire mieux qu'eux*.

Cette observation s'applique moins aux arts inférieurs — peinture, sculpture, architecture — qui ont, dès l'origine, été portés presque aux dernières limites de la perfection. Cela tient à ce que l'inspiration, dans ces arts, a beaucoup moins d'importance que l'exécution. Les perfectionnements apportés à l'âme et à la conscience de l'homme par trois mille ans de souffrances et de pensée, n'ont pu avoir que très peu d'influence sur la façon

---

* Sans doute une copie ou une imitation sont loin d'avoir la même valeur que l'œuvre originale, au point de vue du talent dont firent preuve leurs auteurs respectifs, mais il est évident que ce point de vue n'est qu'accessoire et relatif. La beauté absolue de l'œuvre est seule essentielle.

de modeler une statue ou de brosser un tableau. La part
des facultés supérieures dans une opération de ce genre,
est beaucoup moins grande que dans l'action entière-
ment mentale de combiner un poème. Les évolutions de
l'être intellectuel seront donc beaucoup plus marquées
dans l'art suprême d'évoquer devant les âmes des visions
de beauté.

Comparez l'œuvre d'Homère à celle des plus médiocres de nos fabricants de romans-feuilletons, vous
verrez qu'à bien des points de vue, celle-ci vaudra mieux
que l'immortelle Iliade. Les caractères seront plus vrais,
plus profondément observés, plus vivants; les situations
seront plus variées et plus touchantes; l'action aura plus
d'intérêt; il s'y rencontrera moins de longueurs, de répé-
titions, de naïvetés. Évidemment, il ne faudrait pas me
comprendre mal. L'œuvre du divin Rhapsode, sous
d'autres rapports, défie toute comparaison, et sa glo-
rieuse magnificence rend le rapprochement presque
sacrilège. D'abord elle fait passer devant l'esprit, cette
Bible harmonieuse et sublime de la belle Nation, une
civilisation à jamais morte, une humanité à jamais dis-
parue, une race épique de héros et de dieux qu'il est
impossible d'évoquer, sans enthousiasme et sans respect.

Puis il est à remarquer qu'en ce monument litté-

raire, tout le côté plastique et matériel de l'art d'écrire,
— splendeur du style et poésie des images — a été du
premier coup porté à la perfection. A ce point de vue,
essentiel certes, et dont je ne cherche nullement à diminuer l'importance, on ne fera pas mieux qu'Homère,
car les ressources de la matière sont limitées, et il est
un point où la forme n'a plus rien à gagner en beauté.
Mais les ressources de l'esprit sont inépuisables; mais
la pensée voit s'ouvrir devant elle les horizons sans
bornes de la Vie et du Rêve; mais depuis trois mille
ans l'âme humaine a constamment évolué vers des
régions supérieures : elle a écouté la sagesse de Platon
et de Socrate, de Cicéron et de Sénèque, de Kant et de
Darwin; elle a admiré la grâce de Titien, la vigueur
de Michel-Ange, la puissance de Velasquez; elle a
entendu rire Rabelais et Voltaire, elle a entendu chanter Shakespeare et Dante, elle a vu mourir Jésus-Christ.
Elle a éprouvé tant de sensations et tant de sentiments
inconnus du grand Rhapsode, scruté tant de secrets
dont il ne soupçonnait pas l'existence, résolu tant de
problèmes qui ne s'étaient pas posés devant son intelligence, évoqué tant de songes que son imagination n'avait
pu enfanter, admiré tant de trésors d'harmonie et de
beauté dont son âme n'avait pu prévoir la création, que

les plus médiocres esprits d'aujourd'hui peuvent aisément atteindre des cimes inaccessibles aux plus puissants génies d'il y a trois mille ans.

II

Ce perfectionnement des facultés intellectuelles de
l'homme, cet accroissement de l'intensité de sa vie mentale se produisent en vertu de lois aussi invariables que
celles qui régissent les mouvements des corps dans l'espace. Dans la transformation lente qui fait de l'habi-
tude un instinct et de l'instinct un sentiment, les mêmes
causes produisent depuis l'origine les mêmes effets.

La façon dont ces effets se manifestent varie sans
doute sous l'influence du tempérament, de l'éducation,
du milieu et de l'hérédité, mais au fond, toutes les
âmes, sous les mêmes impulsions, suivent la même
route, et de quelque façon qu'elles agitent leurs ailes
débiles, quel que soit le but qu'elles aient donné à leur
essor, elles arrivent toutes au même terme, par le même
chemin.

Ce qui caractérise l'action de la force créatrice — que les uns nomment la Nature, les autres le Destin, les autres Dieu, — c'est la simplicité des moyens. De même qu'en pénétrant le secret de la gravitation et de l'attraction on a compris toutes les lois qui gouvernent les relations des mondes entre eux, de même l'histoire, non seulement de l'espèce humaine, mais encore de tous les animaux supérieurs, se résume dans l'histoire des développements, des manifestations diverses, des modifications de l'instinct de conservation et de sa modalité la plus importante, l'instinct génital.

Dans un livre admirable, Darwin a montré l'influence de l'instinct génital sur les transformations physiques des animaux. Il viendra un psychologue qui fera l'histoire du développement des intelligences et de l'évolution de cet ensemble de facultés que nous appelons notre âme, en faisant l'histoire de cet instinct chez l'homme.

Cet instinct est la source de tous nos sentiments; toutes nos actions sont motivées par lui; notre être n'a pour but, pour fin, pour terme que de se perpétuer. La Nature, dans son immense simplicité, n'a pas eu besoin d'autre mobile pour inspirer à l'humanité une irrésistible impulsion en avant, un élan éternel vers le mieux et vers le meilleur. C'est diminuer Dieu que de s'imaginer qu'il lui ait été nécessaire, pour faire de nous ce que nous sommes, d'employer des moyens plus complexes que celui-là.

Il arrivera presque toujours qu'en obéissant à « la Nature » l'homme devra lutter contre des tares, des dégradations, qui se seront infiltrées dans « sa nature ». Il en viendra donc à s'imposer des sacrifices, des privations, à ne pas assouvir certains désirs, à se refuser certaines satisfactions qui pourraient l'empêcher d'atteindre la fin dernière. C'est calomnier la philosophie rationnelle que de croire qu'elle n'explique et ne justifie point les vertus les plus pures et les plus sublimes.

Il est à remarquer combien la conclusion de la doctrine matérialiste se rapproche des conclusions de la doctrine chrétienne, en ce qui concerne cette vérité primordiale, base de toute morale et de toute philosophie. Partant de principes opposés pour résoudre le problème de l'origine des devoirs de l'homme, ces deux irréconciliables adversaires arrivent aux mêmes conclusions pratiques.

L'homme, peu à peu, doit se débarrasser des tares de sa bestialité originelle, dit la Raison.

L'homme doit lutter contre l'influence dégradante de la faute originelle, dit la Foi.

De ces deux principes découlent les mêmes conséquences.

Nous ajouterons : l'être humain n'a pour l'aider dans cette lutte contre lui-même que le désir invincible d'être choisi par les individus de l'autre sexe et d'être préféré par eux : désir d'être meilleur, de l'emporter sur les autres soit par la puissance, soit par la richesse, soit par toute autre qualité physique ou morale, matérielle ou intellectuelle.

Quelque dissemblables que soient les effets produits chez les divers individus par l'impulsion de la Nature, cette impulsion est donnée dans une direction constante. La cause première reste la même. Dans les actions qui semblent le plus indépendantes de ce motif unique et suprème, l'œil, qui s'est exercé à scruter les ténèbres de l'âme humaine, le voit s'affirmer et percer malgré tout. Quelles que soient les aberrations qui dénaturent l'instinct primordial, il est toujours là, et le désir d'être jugé le meilleur apparaît jusque dans le vœu de chasteté du prêtre !

Notre raison trompée peut nous faire dévier et nous décevoir, il n'en est pas moins vrai que l'instinct génital est la base et la source de tout ce qu'il y a dans l'homme d'aspiration vers le bien, vers le bon et vers le beau.

On peut entasser des mots sonores et des phrases ronflantes; la Nature, qu'on la nomme Hasard ou qu'on la nomme Dieu, n'a pas eu besoin de mobiles plus compliqués pour changer l'anthropopithèque primitif en un homme laborieux et intelligent, et l'homme en un artiste, en un poète, en un créateur de Lumière et de Beauté.

III

Pour parler en poète et non en philosophe : c'est l'amour qui fait le progrès et la civilisation; c'est l'amour — la Passion Rédemptrice — qui a arraché l'Humanité à la bestialité originelle. Ceux qui se croient supérieurs parce qu'ils ont réussi à s'affranchir, jusqu'à un certain point, de l'influence de l'instinct primordial, n'ont fait en réalité que dégrader leur nature, en affaiblissant l'action que peut avoir sur eux la cause la plus puissante de perfectionnement.

L'idée que l'homme se fait de l'amour, l'importance qu'il lui accorde, le degré de spiritualité qu'il donne à

2

son idéal sentimental, ont sur sa destinée l'influence la plus considérable. Et plus les esprits auxquels est dévolue la tâche grandiose de l'apostolat artistique donneront de noblesse à la conception de l'amour, plus ils donneront de puissance au mobile choisi par la Nature pour faire progresser l'humanité.

Il est donc juste de dire que c'est dans l'œuvre des poètes de l'amour qu'il faut étudier une époque. C'est dans l'œuvre des poètes de l'amour qu'il convient d'étudier les transformations de la morale et les progrès de la civilisation.

Les monuments littéraires que les trois mille dernières années nous ont légués, suffisent pour apprécier pleinement les perfectionnements que l'imagination des poètes a successivement apportés à la conception de l'amour.

Pour Salomon, l'amour n'est encore qu'une attraction toute sensuelle. Son poème n'est qu'une description des beautés de sa maîtresse. Son admiration s'arrête d'ailleurs uniquement à la beauté physique de celle-ci. Il s'émerveille devant ses yeux; s'extasie devant ses jambes, entasse les comparaisons et les hyperboles pour nous donner une idée de la suavité de ses ma-

melles et de la douceur de son ventre. Il n'hésite pas,
dans son enthousiasme, à entrer dans les détails les plus
obscènes, pour qu'aucun trait ne manque au tableau.
Puis, quand il s'est longuement abîmé dans la contem-
plation de cette femme pour laquelle il n'éprouve qu'un
désir charnel, il se délecte dans l'évocation des caresses
qui assouviront ce désir. En somme le « Cantique des
Cantiques » est bien l'œuvre d'un barbare, d'un amant
aux mains brutales, d'un maître égoïste que les ivresses
de la chair laissent complètement satisfait. Il ne demande à la femme que l'assouvissement de sa luxure et
il ne désire rien, il ne conçoit rien au delà.

Sensuelle, aussi, avant tout, d'une sensualité plus
raffinée, plus artiste, est l'œuvre des poètes de l'amour
de la Grèce et de Rome. Mais leurs chants produisent
une impression toute différente de celle produite par
l'œuvre enfantine et grossière du poète du « Cantique
des Cantiques ». Ils ont compris, ils sentent vivement
le vide et le néant de ces étreintes qu'ils célèbrent. Leurs
ivresses ne leur font point oublier leurs inquiétudes devant la vie, leurs angoisses devant la mort. Leur idéal ne
s'arrête pas à un beau ventre, à un sein semblable à tout
ce qui est blanc et harmonieux : l'amour, pour Ovide,
c'est la joie de respirer, avec Corinne, l'air bleu de la

terre latine ; pour *Tibulle c'est la douceur de chanter sous
le sourire de Délia. Ils ne vont pas plus haut. Ils ne
s'arrachent pas à la réalité pour vivre dans l'idéal avec
l'amante dont ils célèbrent la beauté. Ils ne semblent pas
avoir le désir d'élever leurs amours au-dessus de l'humanité ; d'y trouver quelque chose de plus sublime et de
plus doux que le plaisir vulgaire poursuivi par la plu-
part des hommes. C'est que, sans doute, parmi les filles
brunes qui promenaient leurs tuniques aux brillantes
couleurs, sous les platanes du Kéramique ou sous les
arcs de triomphe de la voie Appienne, il n'y en avait
pas une qui fût capable de leur demander plus qu'une
jouissance charnelle ou qu'une satisfaction d'amour-
propre. Aussi, une mélancolie profonde se dégage de
leur œuvre. Sous leur cynisme perce un immense regret :*

Tu mihi si qua fides, cura perennis eris...

*s'écriait le poète de l' « Art d'aimer », et ce vers qui
trahit tant de tendresse et de résignation montre bien
tous les progrès que dix siècles avaient vu faire à l'âme
humaine, depuis le temps où le fils de David rythmait
le cri brutal de son désir.*

L'œuvre des romanciers byzantins marque une époque

de transition dans l'évolution de la conception de l'amour. Celle-ci s'ennoblit un peu. L'esprit de dévouement, de sacrifice, d'oubli de soi-même inspire les héros de Nikétas, de Khariton-Aphrodisieus, de Xenophon-Ephesiou et d'Akhilleus-Tatios. L'influence du christianisme s'est exercée d'une façon heureuse sur ces auteurs encore païens dans l'âme. Le mélange du paganisme et du christianisme, du matérialisme le plus absolu et de l'idéalisme le plus subtil, produit un état d'âme que nous retrouverons plus tard, lorsque après avoir atteint son point le plus élevé dans la « Divine Comédie », la marée des idées chrétiennes subira un reflux, et que le paganisme l'emportera à son tour.

L'influence du christianisme s'est encore accentuée dans le cycle des romans de chevalerie.

A force de vouloir idéaliser, les auteurs de ceux-ci sont hors de la nature. Défaut suprême. Ils ont fait fausse route. Ils ne sont pas au-dessus de la nature. On n'est jamais au-dessus de la nature. Pétris de fausses idées surnaturelles, ils sortent de la réalité, de la vérité, pour entrer dans la fantaisie d'un idéal outré et, malheureusement pour eux, non seulement outré mais impossible, faux et, par conséquent, inepte.

Le comble de l'irréalité dans le sentiment fut atteint

par cet homme de génie, qui marque une étape nouvelle dans l'évolution de la conception de l'amour, Dante Alighieri.

Sans doute, le poète de la « Divine Comédie » avait trop de génie pour être jamais inepte, mais il n'avait pas assez de science pour n'être point parfois absurde. L'amour tel qu'il le conçoit et tel qu'il le peint n'a plus rien d'humain. Béatrice est une âme, une âme complètement immatérielle, création d'une époque où l'on avait érigé en dogme la possibilité de l'existence des facultés intellectuelles, indépendamment de l'existence du corps. Cette âme diaphane, inaccessible à la joie et à la douleur, le poète l'aime d'un amour sans joies et sans douleurs. C'est un ascète, un théologien. Lorsqu'il passait par les rues de Florence, squelette décharné sous ses longs voiles noirs, et que les jeunes filles, sentant le rire se glacer sur leurs lèvres ardentes, croyaient voir passer une ombre, cette ombre ne venait ni de l'enfer où les amants souffrent l'un par l'autre, ni du ciel où, l'un par l'autre, ils s'enivrent d'ineffables délices : elle venait d'un enfer où l'on est puni pour avoir trop aimé, d'un ciel où l'on est condamné à n'aimer que Dieu, ou du moins à l'aimer par-dessus tout.

Les artistes de la Renaissance, dont le retour au paganisme manquait de sincérité et était plus une question de forme qu'une question de principes, produisirent une œuvre qui n'a plus ni la divine irréalité de Dante, ni la mélancolie ineffable d'Ovide; une œuvre factice, déplaisante dans sa prétentieuse naïveté. Trop souvent, comme c'est le cas pour Pétrarque — précurseur et inspirateur de la Pléiade — leur passion est si harmonieuse, si gracieuse, elle leur inspire tant de choses jolies, fines, précieuses, qu'il n'y a place au milieu de ces brillantes qualités, ni pour la profondeur, ni pour la sincérité. Ils ne sont pas vivants. Ils n'ont jamais existé. On ne fait pas de calembours, de jeux de mots, de concetti, quand on plaide pour son existence; et un homme qui n'estime pas son amour plus que sa vie n'est pas un amant.

D'ailleurs l'époque était encore profondément chrétienne et, pour le christianisme, l'amour c'était l'ennemi.

Avec une merveilleuse profondeur de vue, les théologiens catholiques avaient deviné que l'amour peut être à lui seul, une fin dernière, satisfaisant toutes les aspirations de l'homme vers l'infini. Pour eux, la chasteté devint la « belle vertu »; la « chair » fut la cause première de perdition; le baiser fut « le péché ». Aucun poète chrétien ne pouvait, sous peine de s'exposer à la damnation, voir dans l'amour autre chose qu'une préparation au mariage, qui, lui-même, ne pouvait avoir d'autres fins que la procréation des enfants.

Ainsi, dirigeant au gré de leurs conceptions l'unique mobile dont la Nature se serve pour conduire l'humanité vers le progrès, ils se vantaient d'avoir dompté la Nature et, croyant avoir atteint la perfection, ils niaient qu'un changement quelconque pût être un progrès. Ils ne se doutaient pas que leur idéal était à peu près aussi bestial que celui qui faisait briller les yeux des premiers hommes, tapis dans leurs cavernes nauséabondes, ou accroupis sous les toits de roseaux de leurs cités lacustres.

Heureusement l'humanité devait marcher encore; la Passion Rédemptrice fut plus forte.

L'école romantique qui, au commencement du XIXᵉ siècle, réussit à supplanter l'école dite classique, héritière des traditions de cette fausse Renaissance, marqua, elle aussi, un pas en avant dans l'évolution de la conception de l'amour.

Les Classiques avaient essayé de revêtir leurs idées et leurs sentiments chrétiens d'un voile de poésie antique.

Les Romantiques, au contraire, s'efforcèrent de dissimuler le paganisme de leur idéal sous les dehors du christianisme. En réalité ils furent moins chrétiens que leurs prédécesseurs. Le génie du christianisme tel que le conçoit Chateaubriand est un génie sensuel et naturaliste. Les songes que Lamartine fait aux pieds d'Elvire se tournent vers le ciel, vers l'infini, vers Dieu, mais sa mélancolie voluptueuse n'a rien de chrétien, et ce n'est pas sans raison que Rome mit à l'index « Jocelyn » et la « Chute d'un Ange ». Sans doute ils ne se rendent pas compte de ce retour inconscient vers le génie et l'inspiration antique :

Mes chants volent à Dieu comme l'aigle au soleil !

s'écrie Victor Hugo; mais ce Dieu du poète n'a qu'une très vague ressemblance avec la divinité de saint Augustin et de saint Thomas.

En somme les Romantiques appartiennent à une époque de transition dans l'évolution de l'idéal sentimental de l'humanité. Ayant sur les romanciers byzantins l'avantage de douze siècles d'études et de pensée, ils reprennent l'œuvre ébauchée par ceux-ci. Ils élèvent, ils purifient, ils ennoblissent la conception païenne et naturaliste de l'amour, au contact des idées admirables et sublimes que la doctrine du Christ a mises dans le

cœur de l'homme sur la vertu, sur la beauté morale,
sur Dieu. Ils mêlent leur désir d'infini, leur espoir
d'éternité, d'une façon confuse, à leur tendresse pour
la femme choisie.

IV

Le siècle qui commence verra-t-il une progression
nouvelle dans cette évolution? Après avoir si longtemps
scruté le vertigineux azur où tourbillonnent les étoiles,
pour y trouver l'infini, l'homme se résignera-t-il à
comprendre que l'infini n'existe que dans son désir; se
résignera-t-il à tourner ce désir vers un bien que ses
mains peuvent atteindre et que son âme peut concevoir?

C'était la conviction et l'espérance de l'ami qui est
mort, et dont j'ai voulu perpétuer le rêve, en publiant
les pages dans lesquelles il essaya de l'exprimer.

Désireux d'échapper au néant de la vie, il avait
voulu croire à la possibilité de trouver un refuge contre
le désespoir qu'il éprouvait devant ce néant, dans la

tendresse dont il entourerait un être choisi au sein de
l'humanité, un être capable de le comprendre et de
sentir comme lui.

Il eût fait d'Elle le but suprême, la fin unique de
toutes ses actions. Il n'eût pas voulu d'autres joies que
de causer Sa joie, il n'eût pas désiré d'autre bonheur
que de se consacrer à Son bonheur. Il eût basé sa philosophie et fondé sa morale — une morale plus pure,
plus sublime qu'aucune de celles qui ont servi de règle
à la conscience de l'homme — sur ce culte d'Elle, sur
cette religion dont Elle eût été le Dieu. Ce n'était pas
la folie érotique d'un amant qui ne se prosterne devant
une idole que pour la briser le lendemain. C'était le
besoin de se dévouer; c'était le besoin de vivre hors de
soi-même, hors de son égoïsme; c'était la terreur d'être
seul devant le ténébreux inconnu de la vie, devant le
mystère de la mort. Même avant d'avoir rencontré la
femme qui fut l'objet de la plus éperdue adoration, il
portait au cœur cette foi et cette espérance.

Je n'ai rien à dire ici du lamentable et impossible
roman qui brisa cette âme ardente, à la fois indomptable
et sensible à l'excès. Qu'importe d'ailleurs ce que l'artiste a souffert, si de sa douleur il a créé de la beauté!
Qu'importe que le poète repose à jamais dans la tombe,

si des âmes s'inspirent de l'idéal qui enivrait son âme et cherchent à mettre dans leur amour un peu de la splendeur qu'il essaya de mettre dans le sien. Qu'importe le front livide dans le cercueil fermé si l'humanité poursuit sa marche en avant, en répétant les cris que la Passion Rédemptrice inspirait à l'immortel amant !

Certes celui qui écrivit ces pages n'ambitionnait pas pour son œuvre de telles destinées.

« Ne crois pas que je m'imagine avoir, le premier, senti, pensé, ou exprimé ces choses, me disait-il, en parlant de ses poëmes. Si ces vers étaient publiés et s'ils rencontraient autre chose que l'indifférence, ce qui me semble impossible, on ne manquerait pas de découvrir une foule d'écrivains et d'artistes qui, avant moi et mieux que moi, ont exprimé les mêmes sentiments!... »

D'ailleurs, pour celui dont la voix s'est tue à jamais, si son néant pouvait s'émouvoir de ce qui se passe sous le soleil, une larme de Celle qu'il aima vaudrait mieux que l'éternelle admiration des hommes. Une phrase qu'il m'écrivait, quelques jours avant sa mort, dans une lettre par laquelle il refusait de me confier le manuscrit de ses poëmes pour leur chercher un éditeur, hante ma mémoire et me poursuit. Faisant allusion à ce fait que la femme aimée ne pourrait lire et comprendre ces vers

en raison de son ignorance de la langue française, il
me disait :

« Comment pourrais-je trouver quelque orgueil dans
mon art, ou quelque joie dans mon œuvre, quand je dois
avouer devant elle que tous ces mots, tous ces mots imbéciles que les sots se croient Dieux pour avoir domptés,
ne feront rien passer de la beauté de mon rêve devant
l'âme du seul être humain qui m'intéresse ! »

La Mort de Pérennis

C'ÉTAIT le seul ami que j'aie eu sur la terre.

« La destinée humaine est un sombre mystère,
Me disait-il souvent : un insoluble et noir
Problème! D'où vient-on? Nul n'a pu le savoir!
Où va-t-on? Quels effrois, quels fantômes funèbres,
La tombe cache-t-elle en ses lourdes ténèbres?
Est-ce un commencement ou n'est-ce qu'une fin?
Faut-il crier : Déjà! Faut-il crier : Enfin!
Quand la Mort, renversant de ses mains décharnées
Le sablier où fuit le sable des années,

3.

Fait signe au fossoyeur d'emporter le cercueil?
Est-ce une heure de joie? Est-ce une heure de deuil?
Faut-il qu'on la redoute, ou faut-il qu'on l'envie?
La Mort est-elle plus terrible que la Vie?...
Question sur laquelle on a cent fois tout dit
Sans rien dire! — Et pourtant, misérable, maudit,
Déchiré par l'amour et meurtri par la haine,
L'homme, qui, gravissant son Golgotha, se traîne
Sous des tourments qu'il peut à peine soutenir,
A pour suprême effroi de voir leur fin venir!
C'est qu'un pressentiment formidable l'agite :
Peut-être les horreurs du monde qu'il habite,
Ses mensonges, ses trahisons, ses lâchetés,
Ses plaisirs décevants chèrement achetés,
Ses luttes, où le Sort de tout effort se joue,
Ne sont-ils qu'un prologue où le drame se noue!
Ce qu'il sera ce drame affreux, le genre humain,
Qui depuis dix mille ans suit le même chemin,
Le cœur serré du même effroi, du même doute,
Ne peut le deviner! Plein d'angoisse il écoute
La foule d'imposteurs contant leurs visions
De ténébreux enfers ou de blanches Sions...
Mais nul n'a pu prouver encor que son œil perce
La nuit, ni décider l'antique controverse :
Et deux immenses voix montent vers le ciel bleu :
L'une qui dit : « Néant! » et l'autre qui dit : « Dieu! »

II

« Moi qui ne suis qu'un faible et timide poète,
Ajoutait-il, baissant très humblement la tête,
Je ne suis pas assez malin pour décider
Qui des deux il faut croire et pour élucider
Le problème effrayant de notre destinée.
D'un espoir plus réel, ma vie est dominée.
Je n'ai qu'un seul désir et qu'une seule foi,
Qu'un seul but, hors duquel rien n'existe pour moi,
Hors duquel tout est nuit, tout est mort en mon âme :
Trouver l'être aux doux yeux, l'être au front pur, la femme
Que mon rêve d'amour doit séduire et charmer,
Aux bras de qui je veux tout entier m'enfermer. »

III

« Oh! Celle qui, joignant sa faiblesse à la mienne,
Prendra, dans mon cœur plein du désir qu'elle vienne,

Cette place que l'homme a donnée à ses Dieux !
Celle qui me dira, tendant un front joyeux
A mon baiser : — « Prends-moi, je suis toute à toi ! toute !
« Où tu t'en vas j'irai, quelle que soit ta route ! »
Celle qui, simplement, calme, me jurera :
« Mon amour, jamais rien ne nous séparera ! »
Lorsque je La tiendrai contre ma chair serrée,
Que je pourrai Lui dire enfin : « Mon adorée ! »
Regardant bien en face et défiant le sort,
Comme je lui crierai : « Va ! je suis le plus fort !
« Je t'ai vaincu, Destin ! Je ne suis plus un homme !
« Je suis Dieu ! Je connais le Bien et le Mal comme
« Dieu les connait ! Le Bien, c'est tout ce qu'Elle veut,
« Tout ce qu'Elle désire et que mon amour peut
« Lui donner : le baiser, l'étreinte, la caresse ;
« C'est le cœur qui déborde et se fond de tendresse ;
« Ce sont les bras tremblants qui se cherchent ; les mots
« Sourds, brisés, haletants, coupés d'ardents sanglots ;
« Les élans de tout l'être, éperdument, vers l'Être
« Bien-aimé ! Devant Lui, le seul Dieu, le seul Maître,
« C'est l'adoration muette, à deux genoux !
« Quant au Mal... Mais le Mal n'existe plus pour nous !
« Nous sommes tout-puissants, puisque Son cœur méprise
« Tout, hors de notre amour ; puisque je réalise
« Tous les vœux qu'ici-bas cet amour peut former ;
« Puisque nous n'avons plus qu'un désir : nous aimer ! »

Une flamme éclairait ses profondes prunelles,
Et moi, qui ne crois pas aux amours éternelles,
Sceptique confident de ses espoirs bénis,
Je l'avais appelé « L'Éternel !... » — Pérennis !...

IV

Mon pauvre frère !... Il a, dans les vers de ce livre,
Conté, de son roman, ce qu'il permet qu'on livre
Au public, cet enfant curieux et blasé !
Sous une destinée effroyable écrasé,
Sa lèvre ne s'est pas ouverte pour maudire ;
Ce n'est donc pas à moi qu'il convient de rien dire
Contre ce misérable amour qui l'a tué.
Mais je ne croirai point l'avoir prostitué
Aux yeux indifférents, — ni t'avoir offensée,
O toi qui possédas sa dernière pensée ! —
En disant que jamais, — jamais ! — on n'a rêvé
Tendresse plus profonde, et que nul n'a trouvé
Des cris plus fous, pour rendre une ivresse plus folle.
Ce rêve, qu'évoquait son ardente parole,
Ces cris jaillis du cœur, comment ont-ils passé
En ces vers dont les pleurs ont souvent effacé

Les mots? — Que sais-je, hélas! — Ce côté littéraire
N'existe point pour moi! Je l'aimais trop, mon frère,
Pour le juger. Je sais combien il était grand
Dans son amour. Partout, toujours, je le comprend
Ce livre qu'il m'a lu de sa mourante bouche;
Et puis, je me souviens, chaque fois que j'y touche,
Chaque fois que ma main pieuse veut l'ouvrir,
Du jour ou Pérennis a cessé de souffrir...

                              V

Oui, c'était le dix-huit, un dimanche, en Décembre;
Hyde Park se noyait dans une brume d'ambre
Où le soleil glissait de furtifs rayons d'or.
Mon pauvre Pérennis! Je crois le voir encor,
Assis, déjà mourant, au coin de la fenêtre
Sous laquelle j'écris. Aussi loin que pénètre
Mon regard, au-dessus des brunes frondaisons
Des arbres morts, je vois des clochers, des maisons,
Des tours — de Kensington jusques Holborn — se fondre
Dans le brouillard doré qui met au front de Londre
Un voile harmonieux. Il regardait cela,
Tristement, ardemment!... C'était quelque part, là,

Du côté de Kilburn ou de Mary-le-Bonne
Qu'Elle habitait, je crois. D'une voix qui résonne
Encore à mon oreille, il me dit : « Je le sais,
Il me faudra mourir... bientôt! Je m'efforçais
De garder quelque espoir, car la mort m'épouvante...
Loin d'Elle! Maintenant, une image me hante :
Je me vois, sur ce lit, les yeux clos, blême, mort!
Je me vois!... je serai là, roide, sur le bord!...
Ma bouche sourira, silencieuse et sombre,
Et mes mains — lourdes — sur mon cœur tiendront de l'ombre :
Tout ce qu'il m'est permis d'emporter avec moi!
Et jadis, je songeais, plein d'un joyeux émoi,
A cette heure qui vient — qui vient — épouvantable!
La tombe alors n'avait plus rien de redoutable :
Nous nous serions juré d'être toujours à deux,
De partager, en bons époux, ce lit hideux,
Et de passer cette heure où tout être humain tremble,
Paisiblement, dans les bras l'un de l'autre, ensemble,
En nous baisant le front, en nous serrant les mains,
En disant : « Quels que soient les obscurs lendemains,
« Dans le néant, ou bien devant un Dieu farouche,
« Le cœur contre le cœur, la bouche sur la bouche,
« Te répétant les mots par lesquels tu vibras,
« Tant que je sentirai, je t'aurai dans les bras! »

« Oui! Mais je suis vaincu! Mais le destin l'emporte!

Mais la Fatalité, malgré tout, est plus forte!
Ce soir, tremblant sous l'œil du terrible Inconnu,
Je lui crirai : « Seigneur! J'ai honte d'être nu!
« J'ai honte de mon corps! J'ai honte de mon âme! »
Et Dieu ne verra pas, auprès de moi, de femme,
Et Dieu ne verra pas marcher à mon côté,
D'être suave et doux revêtu de beauté,
Pour apaiser son œil formidable et comprendre,
Que devant Elle auguste, et pure, et belle, et tendre
Je me sois prosterné. J'ai crié : « Sois béni,
Mon Amour! Ma Clarté! Mon Ciel! Mon Infini!

« Pardonnez-moi, mon Dieu! Je vous aimais en Elle!
Êtes-vous donc plus beau que mon amour n'est belle?
Êtes-vous donc plus pur, plus sublime et plus doux?
Oh! s'il en est ainsi, ne soyez point jaloux!
Je veux vous adorer aussi, mais, en ce monde,
Pardonnez mon erreur invincible et profonde,
Tous les efforts de mon misérable cerveau,
O Seigneur, n'ont rien pu concevoir de plus beau,
Rien de plus adorable et de plus divin qu'Elle!
Même à cette heure où tout d'une clarté nouvelle
S'illumine, je crois, que Sa divinité
Suffisait pour donner toute une éternité
De paix, et de bonheur, et d'extase à mon âme!
Cet amour qui n'eut rien ni d'impur, ni d'infâme,

Rien que le front levé, je ne puisse avouer :
Désir de me donner, et de me dévouer,
Et de La voir heureuse, et de La voir sourire,
Vous que nous nommons Père, et qui nous laissez dire :
En quoi donc cet amour vous a-t-il offensé ?

. . . .

Oh! je ne prétends point qu'il fut une idéale
Figure, sans faiblesse et sans crainte! Son râle
D'agonisant, et les cris de son désespoir
Parfois encor vers moi, dans l'angoisse du soir
Montent... J'entends passer les mots de sa démence,
Mêlés aux mille voix de la nuit qui commence;
J'entends sa voix répondre à leurs vagues rumeurs;
Je l'entends sangloter, gémir, dire : « Je meurs!
« Je L'aime! Hélas, avant que la mort ne dérobe,
« Le soleil à mes yeux, sur le bas de Sa robe,
« Un baiser! Un baiser! Rien qu'un seul!... Sur Son gant!...
« Mais non! Elle dirait : — Comme c'est fatigant
« D'être adorée ainsi!... — C'est qu'Elle était très fière...
« Avec tant de raisons pour l'être!... La lumière
« S'éteint... Je suis pourtant au pays du soleil!
« Près des flots dont le chant à Sa voix est pareil...
« Chaque matin, au bord de la mer, sur la route
« Que brûlent des rayons, je vais L'attendre... Toute
« Mon âme tressaillait lorsqu'Elle apparaissait

« Au tournant du chemin, et lorsqu'Elle passait

« J'aurais voulu m'agenouiller sous le sourire

« De Ses lèvres!... J'ai là, — je crois pouvoir le dire,

« Puisque je meurs! — J'ai là, — oui! c'est un grand secret,

« Que nul ne doit savoir... — sur mon cœur... Son portrait!

« Rien ne Lui seyait mieux que cette toque rouge...

« Je veux qu'il reste là, toujours! Que nul n'y bouge!

« Je L'adore! Je veux La sentir à jamais

« Contre moi... La presser sur moi!... Je ne L'aimais

« Pas autant autrefois... A présent, je L'adore!...

« Je L'adore à genoux! Oh! Que je le dévore

« De baisers une fois encore!... Oui, je veux

« Mourir, en contemplant ce front et ces cheveux!

« Je t'aime! ô mon amour! O mon amour, je t'aime!

« Je t'aime! Je t'aime! Et jusqu'à l'heure suprême,

« Je veux crier : je t'aime! et répéter ton nom!

« Enfin! Enfin! Je n'ai plus peur du Cabanon! »

Et cela fut ainsi. Durant son agonie,

Il répétait un nom, navrante litanie,

Toujours du même ton, suppliant, affolé,

Comme s'il eût eu peur, et s'il eût appelé

Quelqu'un qui ne vint point!... Puis sa voix fut plus sourde.

Et tandis qu'il roulait, hagard, sa tête lourde,

Râlant, il invoquait, sans qu'il le secourût,

Ce même nom, toujours...

VI

C'est ainsi qu'il mourut,
Madame.

VII

En son cercueil, je l'ai couché moi-même,
Puis, après un dernier baiser sur son front blême,
Son pauvre front empreint de pensive bonté,
J'ai posé sur son cœur, selon la volonté
Qu'il avait exprimée à son heure dernière,
Un petit médaillon qu'il n'avait point quitté :
Votre portrait, Madame ! — Et pour l'éternité,
Son cœur et ce portrait confondront leur poussière !

VIII

Depuis, lorsque parfois j'y songe, je me dis
Que s'il existe un Dieu, s'il est un paradis,
S'il est, après la mort, une grande Justice
Récompensant l'effort, réparant le supplice,
Si Dieu l'a pris au ciel, mon pauvre Pérennis,
Tant qu' « elle » et lui n'auront point été réunis,
Dieu met, — bonté féroce, indulgence cruelle ! —
Des damnés dans son ciel : car sans Elle, loin d'Elle,
Plus doux est le bonheur auquel est condamné
Pérennis, plus il souffre et plus il est damné !

IX

Mais je dois dire, fils de la sceptique Grèce,
Je crois sincèrement qu'il a tout oublié
Du Calvaire sanglant qu'il a gravi, plié
Sous son espoir trompeur d'éternelle tendresse !

. . . .

Oui, dors, dors à jamais, ô mon doux Pérennis !
Repose ton front las, ferme tes yeux ternis,
    Tes jours d'épreuve sont finis !
Dans ton amour splendide, ainsi qu'en un suaire,
Dors ! Tu fus accablé par le Destin contraire,
    Repose en paix, mon pauvre frère !
Tu fus aimé pourtant, sublime et noble front,
Et ceux qui t'ont connu, ceux qui te connaîtront
    Ne comprendront point ton affront !
Ou plutôt, car ton ombre, ô mon frère, me blâme
De sembler accuser, même si peu, la femme
    Qui possédait toute ton âme,
Ils verront que le sort cruel t'avait maudit...
Et, peut-être, qui sait, destin qui te grandit,
    Frère, était-ce pour avoir dit
Que tu ne voulais pas avoir d'autre Dieu qu'Elle !
Qu'Elle te suffisait, pour que ton cœur fidèle
    Connût une extase éternelle !

Hyde-Park Court. 22-24 Janvier.

RHAPSODIE I

A l'âme qui se prostitue en ce livre

I

... Il a, dans les vers de ce livre,
Conté de son roman ce qu'il permet qu'on livre
Au public : cet enfant curieux et blasé.

La Mort de Pérennis, IV.

O mon âme, ô Prostituée
Qui ne t'es point habituée
A t'offrir nue à tous les yeux,
Va, sois sans crainte, ma pauvre âme,
Celui qui t'insulte, ou te blâme,
Ou te maudit, ne vaut pas mieux !

Vends-toi, puisqu'un désir te presse !
Donne à qui la veut ton ivresse,
Tes extases, tes pleurs, tes cris !
Sois sans honte, sois sans scrupule,
Va ! marche dans le crépuscule,
Offre-toi, mon âme, et souris !

Ne réserve pas, ma pauvre âme,
A l'amour d'une seule femme
Ta splendide et rare beauté ;
Sois toute à tous, ô courtisane,
Que chacun connaisse et profane
Les secrets de ta volupté !

Dans sa majesté souveraine,
Offre ta nudité sereine,
Sans peur, sans trouble, sans émoi !
Trop belle pour être impudique,
Dépouille-toi de ta tunique,
Crie au passant : « Qui veut de moi ! »

« Qui veut savoir comment est faite
Une âme ardente de poète,
Douce et pure comme le jour?
Et comment pleure sa détresse,
Et comment rêve son ivresse,
Et comment chante son amour! »

Hélas! tu voudrais bien sans doute,
Loin de la foule qui t'écoute,
Ne chanter que pour un seul cœur,
Le brûler du feu qui t'embrase,
Lui faire partager l'extase
Qui t'inspire ce chant vainqueur...

Mais tu n'auras pas cette joie,
Puisqu'Elle a pris une autre voie,
Puisqu'Elle a pris un autre amour!
Vends-toi donc! C'est pour l'infidèle!
Sois publique et peut-être qu'Elle
Voudra te connaître à Son tour.

Toi si hautaine, si farouche,
De la rude main qui te touche,
Souffre le contact sans dégoût !
Chante, chante, ô désespérée !
Lasse, meurtrie et déchirée
Poursuis ta route... Elle est au bout !...

RHAPSODIE II

Les deux Fantômes

II

Je suis pourtant au pays du soleil.

La Mort de Pérennis, v.

ENTRE Monte-Carlo, courtisane fardée,
Qui, sur son rocher jaune et vermeil accoudée,
Mire dans la splendeur de son golfe au flot clair
Les dômes bleus et les toits d'or de son enfer,
Et la blanche Menton, poitrinaire languide,
Frileusement blottie en un recoin torride
De l'Alpe aux flancs brûlés par les feux du soleil,
Le cap Martin divise au loin la mer, pareil
Avec ses sombres pins aux tournures mystiques,
Aux promontoires saints, où les âmes antiques

Se plaisaient à bâtir les temples de leurs Dieux.
Autour de lui, le chant des flots mélodieux
D'entre les rochers bruns monte, monte sans cesse;
Et c'est le même chant qu'ils ont dit à la Grèce,
Le chant voluptueux qui, d'amour débordant,
De l'ardente Sapho berça le songe ardent...

C'est là, sous les grands pins, que nous nous rencontrâmes;
C'est là, devant la mer splendide, que nos âmes
Se parlèrent longtemps un langage muet;
C'est là que le poète amer s'habituait
A Vous considérer comme l'amie unique
En qui se confierait son cœur mélancolique;
C'est là qu'il adorait Votre jeune beauté...
Et depuis, il Vous voit toujours à son côté,
Fière, et douce, et sereine, et joyeuse, et fidèle;
Et Votre image aimée, à lui, sans qu'il l'appelle,
Vient, lorsqu'il souffre trop, ou lorsqu'il est trop las,
Ou lorsque le dégoût des choses d'ici-bas,
Ajoutant son horreur à sa mélancolie,
Sous un poids écrasant courbe son corps qui plie.
Vous êtes toujours là, divine et belle enfant,
Sur le front abattu, sur le front triomphant,
Votre cher souvenir toujours vivant se pose,
Et qu'importe l'insulte ou bien l'apothéose,
Qu'importe la clameur de gloire ou de mépris,

Quand je Vous vois passer, je chante et je souris,
Et mon ciel s'illumine, et mon soleil rayonne,
Et j'ai tant de bonheur qu'il faut qu'à tous j'en donne!...
Mais jamais, non, jamais, jamais! O mon amour!
Ton poète, à Tes pieds, ne dira : « Sans retour
« Nos cœurs font un seul cœur, et nos âmes une âme! »
Jamais il ne dira, songeant à Toi : « Ma femme! »

Oui! le Sort est étrange, et la Fatalité,
D'avance, met souvent sur le front attristé
De ceux qu'elle a choisis pour être ses victimes,
Un peu de cette nuit mortelle, des abîmes
Vers lesquels ils s'en vont d'un pas tragique et lent.
Quand, dans les frais sentiers, sous le soleil brûlant,
Le poète anxieux, pressentant son supplice,
Croisait sur son chemin la sombre Impératrice,
Tous deux avec pitié se regardaient parfois :
Elle, le grand silence, et lui, la grande voix,
Tous deux pensifs, tous deux l'œil fixe, tous deux pâles,
Comme s'ils devinaient que leurs routes fatales,
Les conduisaient tous deux vers d'atroces destins!
Et qui l'eût dit, pourtant, lorsqu'ils passaient hautains,
Sublimes de porter leurs sublimes couronnes!
Elle, front glorieux et sacré qu'environne
L'éclat éblouissant du titre impérial,
Et lui, front plus superbe encore et plus fatal,

Ceint du laurier divin, dont à l'âme choisie
Ta tendresse fait don, ô vierge Poésie!

Oui! le sort ironique avait tout fait pour eux :
Ils étaient les élus, les bénis, les heureux!
Elle, qui pouvait tout dans un immense empire,
Si belle qu'elle avait seulement à sourire,
Pour que le cœur lui fût enchaîné pour jamais;
Et lui, refugié sur les vierges sommets
D'un idéal d'amour, si noble et si sublime,
Qu'il ne distinguait plus : — aigle sur une cime! —
Les fanges de ce monde et son impur néant...

Toi qui dors à présent dans ton cercueil béant,
Le Poète t'envie, — ô Reine assassinée! —
Le coup affreux que te gardait la destinée,
Car tu peux oublier les durs chemins suivis,
Et moi, je me souviens! moi, je souffre! je vis!

Tu voyais donc, que tes regards étaient si tristes,
Le groupe curieux et banal des touristes,
Qui se pressent autour du fauteuil où tu meurs,
Le blanc steamer, le lac, le quai d'où les clameurs
De la foule entourant un homme sombre et blême
Montent?... Tu voyais donc cette scène suprême
Sur laquelle à jamais ton œil lassé se clôt?...

Hélas! avais-je donc deviné que, bientôt,
Malgré tout mon orgueil et toute ma tendresse,
Quand j'aurais rencontré l'épouse et la maîtresse
Que, depuis si longtemps, j'appelais dans la nuit,
Celle vers qui le sort enfin m'avait conduit,
Avec qui j'aurais pu vivre mon cher poème,
Ne me comprendrait pas quand je dirais : « Je t'aime! »
Que tous mes cris, tous mes vains cris, ne pourraient rien
Faire passer du cœur de Son poète au Sien,
Et que, devant ces vers où mon âme se livre,
Si Sa main, quelque jour, s'égare sur ce livre,
Si ce chant douloureux sous Son œil est placé,
Sa bouche seulement dira : « *What does he say?* »

Sans doute, je pouvais étudier, apprendre,
M'orner l'esprit de mots barbares et me rendre
Ridicule, à vouloir dire ce que rêvait
Mon cœur, avec ces mots inconnus...

                              Je l'ai fait!
L'histoire ne vaut pas la peine qu'on la conte
Et sa banalité me navre et me fait honte!
Je l'ai fait ardemment, mais je l'ai fait trop tard.
Chère âme qu'emplissait un saint amour de l'Art,
Chère âme de lumière et de tendresse éprise,

Quand j'ai pu Te parler un autre T'avait prise !
Et moi je porte aussi sous un regard vainqueur,
Haineux et triomphant, mon poignard dans le cœur !

C'est pourquoi je Vous dis, blanche enfant que j'adore,
Bien que le seul désir que mon cœur forme encore
Soit de Vous rencontrer et d'être sur Vos pas,
Je vous dis : « Jeune fille, oh ! ne retournez pas
— Avec Lui ! — vers ces lieux où mon âme est restée ...
Vous me rencontreriez, pâle face attristée,
Dans les sentiers qu'emplit le crépuscule clair !
Je vis là, caressant le rêve à jamais cher,
Que je fis par un soir d'Avril mélancolique,
Tandis que le soleil, dans une pourpre épique,
Descendait glorieux sur le noir Estérel :
Mon beau rêve adoré d'un amour éternel !
Puis, elle hante aussi ce calme crépuscule,
Avec sa plaie au cœur, très lente, elle circule,
Celle qui s'en allait, les yeux pleins d'infini,
Vers l'immonde couteau du lâche Luccheni.
Et Vous Vous sentiriez moins joyeuse sans doute,
Enfant, d'avoir ainsi, croisé sur Votre route,
D'avoir vu s'avancer funèbres et maudits,
Tandis que la mer pleure autour du cap, tandis
Que la brise du soir passe au loin comme un râle,
Ce fantôme sanglant, et ce fantôme pâle !

RHAPSODIE III

Dieu

III

Tous les efforts de mon misérable cerveau,
N'ont rien pu concevoir ou rêver de plus beau
Rien de plus adorable et de plus divin qu'Elle!

La Mort de Pérennis, v.

I

L'HEURE la plus funèbre, entre les plus funèbres,
Fut celle où détournant du ciel plein de ténèbres,
    L'œil qui le scrutait ardemment,
Pour la première fois, je dis, le front livide :
« Non! Dieu n'existe point! L'espace immense est vide!
    L'homme est seul sous le firmament! »

Oh ! l'indicible horreur ! L'indicible souffrance !
On voit, en vérité, la Porte où l'Espérance
    S'arrête et reste sur le seuil !
Tout croûle ! Tout s'éteint ! Tout s'obscurcit ! Tout tombe !
Le Terme c'est la Mort, et le But c'est la Tombe,
    Et la Fin de tout le Cercueil !

Oui ! Quels que soient les noms dont son orgueil se nomme,
L'homme n'est qu'une bête et je ne suis qu'un homme,
    Qu'un vil, qu'un impur animal !
Vous trompiez, vous mentiez, chimères éternelles,
Et jamais, non jamais je ne dois avoir d'ailes,
    Pour fuir la laideur et le mal !

II

Je crois entendre encor ma voix désespérée
    D'éphèbe douloureux,
Criant et gémissant sous la pointe acérée
    De ces doutes affreux !
Tu laissas, ma jeunesse, une pâleur profonde,
    Un grand deuil sur mon front,

Et je n'espère plus désormais qu'en ce monde,
     Ils se dissiperont !
Fuyant vers le passé, souvent, je vois encore
     L'église où je priais ;
J'entends toujours vibrer son silence sonore
     Des mots que je criais :

« Cette existence est trop étroite pour mon âme !
C'est l'éternel, c'est l'infini qu'elle réclame ;
Elle est pleine d'espoirs que nul terme ne rend !
Gloire, fortune, amour, hochets qu'un instant brise,
Déceptions et vanités, je vous méprise !
Vous êtes trop petits, ou mon cœur est trop grand... »

Ame vierge d'enfant par tes maîtres trompée,
     Ame pleine de fiers mépris,
Ton erreur fut bientôt, à jamais, dissipée !
     O ma pauvre âme, tu compris
Que même en ce vain monde, où toute joie est fausse,
     On peut posséder l'Infini,
Et, lorsque vient la nuit, descendre dans la fosse
     En disant : Mon sort fut béni !

Oui, lorsque Tu parus dans ma vie, ô très chère,
　　Ce ne fut plus vers le ciel bleu
Que je tournai les yeux pour chercher la lumière,
　　Et je n'ai plus regretté Dieu !

III

C'est Toi qui fus mon Dieu !

　　　　　　Tu fus l'Espoir suprême,
Le suprême Bonheur qu'on désire et qu'on aime
Par-dessus tout ! La Fin, le Motif, l'Idéal.
Tout ce que Tu voulais, c'était le Bien ; le Mal,
Tout ce que condamnait Ta conscience altière.
Sous Ton rayonnement tout devenait lumière,
Et loin de Ta clarté tout restait dans la nuit !
Le monde autour de moi ne faisait qu'un vain bruit
Lorsqu'il ne parlait point de Ta beauté ! Ma vie
Commençait à ce jour où je T'avais suivie.
Près de Toi, je tremblais d'un indicible émoi,
Mon cœur ne battait plus, la mort entrait en moi.
Tu souris ! Crois-Tu donc, mon amour, que Moïse,

Lorsqu'il errait autour de la Terre Promise,
Et qu'il voyait soudain, dans un buisson de feu,
La face formidable et splendide de Dieu,
Ne sentait point frémir son cœur dans sa poitrine,
Et sa chair se glacer sous une horreur divine ?
Et que Paul à Damas, et que Jean à Pathmos,
Sans qu'un frisson tordit la moëlle de leurs os,
Ont contemplé leur maitre éternel, face à face ?
Moi, mon maitre éternel, enfant qui rit et passe
Dans un rayonnement, mon Seigneur et mon Roi,
Mon Jehovah, mon Christ, mon Infini : C'est Toi !

IV

Oh ! ne ricane pas, prêtre, dans ton église !
Je suis très malheureux, c'est vrai ; mon cœur se brise ;
Je meurs ; j'ai, je l'avoue, affreusement souffert ;
Et je suis un damné qui hurle dans l'enfer...
Soit ! Mais j'affirme encor que j'eus raison quand même !
Oh ! l'immense bonheur de dire que je l'aime,
Aux arbres des grands bois, mes discrets confidents !
De conter mon malheur aux rouges occidents !

Le soir, dans la clarté bleuâtre de la lune,
Quand l'horizon lointain, sur son épaule brune,
Drape un brouillard léger, diaphane manteau,
Solitaire et pensif, je vais sur le coteau,
Sous le vieux chêne obscur que le vent du soir froisse,
M'asseoir, pleurer, sentir une écrasante angoisse,
Envahir lentement mon cœur désespéré.
Peu d'hommes ont souffert, peu d'hommes ont pleuré
Avec plus de douceur, avec plus d'amertume,
Que moi, là, dans la nuit, sous le voile de brume
Que le soir très clément jette sur mon front las!
Je répète son nom; je dis : Hélas! hélas!
Je suis un mort! un mort qui regrette la vie!
Puis la nuit resplendit; ma prunelle ravie
La voi. passer, La voit dans toute Sa beauté!...
Oh! si Tu pouvais être assise à mon côté!
Si je pouvais verser mes craintes dans Ton âme,
Te dire : mon amour! Et T'appeler : ma femme!
Si je pouvais marcher avec Toi, près de Toi!
Faire de Ton désir ma morale et ma loi!
N'avoir que Toi! que Toi! Toi seule! qui remplisse
Mon âme! pour qu'en Toi, complètement, je puisse
M'ensevelir! posant sur Ta petite main
Mon front qui songe avec épouvante : « Demain
Je serai dans la nuit! » Si je pouvais T'entendre
Rassurer mon effroi d'une parole tendre,

Ce serait un bonheur si parfait, vois-Tu bien,
Qu'à l'avoir entrevu je ne puis croire à rien,
A nulle volupté plus grande et plus profonde,
Sur cette sombre terre ou dans un autre monde!

V

Oui, je suis un damné qui hurle dans l'enfer!
Je meurs, après avoir affreusement souffert,
Rien ne dira l'horreur de mon cœur qui se brise,
Mais ne ricane pas, prêtre, dans ton église!
Mais ne dis pas : « Ce fou de poète a rêvé;
Ce que vaut l'éternel amour, il l'a prouvé! »
Certes, je l'ai prouvé! Ma croyance subsiste!
Un tel amour peut exister, puisque j'existe!

Je n'ai point changé, moi! Moi, je n'ai point trahi!
J'ai toujours répété : Que Son nom soit béni!
S'il faut de ma douleur pour faire de la joie
Pour Elle, c'est très bien! Me voici! Qu'on me broie
Le cœur, je sourirai! Qu'on déchire ma chair,
Et je dirai : « Merci, mon beau, mon doux, mon cher

Amour! » Oh! ce serait trop laid, vraiment, trop triste
Aussi, s'il n'existait que le seul égoïste,
Qui veut, avant d'aimer, être aimé le premier!
Tous vos dogmes sont faits pour l'obscène fumier
De ces hommes impurs. Moi, je suis le poète!
J'ai le cœur déchiré, mais je lève la tête!
Elle me souriait autrefois : c'est assez!
Maintenant, Mort, Enfer, Eternité, — passez!

VI

Non! tu ne mentais point à la femme ravie,
Serpent sauveur! Serpent généreux et sacré!
Serpent divin, serpent d'amour, serpent de vie!
Tes conseils étaient bons et ta voix disait vrai!

L'homme peut ici-bas, — c'est vrai, je le répète! —
Être semblable à Dieu, tout-puissant, éternel,
Posséder le bonheur parfait et la parfaite
Science! De sa terre il peut faire le ciel!

Cueillons le fruit vermeil du grand Arbre! Viens, Ève!
Cueillons le fruit vermeil et laisse-moi T'aimer!
Donne-moi l'infini dont ma tendresse rêve,
Donne-moi l'infini, mon cœur peut l'enfermer!

Viens! Adam s'est trompé! l'Arbre de la Science,
L'Arbre à jamais sacré, l'Arbre à jamais béni,
N'est point celui que crut sa brutale ignorance,
Moi, je sais!... Mon amour, donne-moi l'Infini!...

RHAPSODIE IV

Prière devant Elle

IV

Madame! Il vous aimait comme on n'a point aimé!...
La Mort de Pérennis, v.

D'AUTRES ont des amours, des plaisirs, des tendresses,
Des désirs, des espoirs, et des ambitions;
D'autres ont des bonheurs, d'autres ont des ivresses,
Ils ont des voluptés, ils ont des passions;

Moi, je n'ai rien que Toi, rien que Toi dans mon âme!
Je n'ai que Toi pour but, je n'ai que Toi pour fin!
Tout ce qui n'est pas Toi laisse mon cœur sans flamme.
Hors de Toi tout est vil, hors de Toi tout est vain!

Je T'en supplie, ô mon amour! prends-moi ma vie!
Le sort nous sépara! C'est bien, inclinons-nous!
Mais exprime un désir, manifeste une envie :
Prends-moi, prends-moi mes jours! Je T'en prie à genoux!

Ordonne-moi, veux-Tu, quelque impossible chose :
Un travail surhumain, un effort inouï,
Un dévouement unique, un crime auquel on n'ose
Penser qu'en frissonnant! — Quel qu'il soit, je dis « oui! »

Oui! montre-moi le but, quelle que soit la route,
Quel que soit le danger et la douleur : j'irai!
Dis-moi Ton bon plaisir, ô mon amour, j'écoute!
Sans hésiter, un seul instant, j'obéirai!

Que ne sommes-nous plus au temps des Argonautes!
Comme j'irais, pour Toi, ravir la Toison d'Or!
Parle! Tu n'auras point d'ambitions trop hautes,
Et Ton vœu serait fou que je voudrais encor

Lui consacrer mes jours et lui donner ma vie,
Lutter pour lui sans trêve et sans me reposer,
Jusqu'à l'heure où j'aurais trouvé, l'âme ravie,
La mort, en m'efforçant de le réaliser!

Quel royaume faut-il conquérir pour Te plaire?
Quel astre dois-je aller détacher du ciel bleu?
Dis! Parle! — Pour me voir essayer de le faire!
Défier l'impossible et lutter contre Dieu!

Et si le sort permet que, vainqueur, je revienne,
Après l'œuvre inouïe et l'effort surhumain,
Puis-je espérer qu'il soit possible que j'obtienne
De poser, à genoux, un baiser sur Ta main!

RHAPSODIE V

Il n'est place en mon cœur que pour un infini...

V

Oh ! Celle qui, joignant sa faiblesse à la mienne,
Prendra dans mon cœur plein du désir qu'elle vienne,
Cette place que l'homme a donnée à ses Dieux !

La Mort de Pérennis, III.

Il n'est place en mon cœur que pour un infini :
L'amour que j'ai pour Toi ! Tout le reste est banni
De mes espoirs, de mes désirs, de mes pensées.
Dans le ravissement d'extases insensées,
Je vais, rythmant pour Toi ce cantique inouï,
Emportant Ton image en mon œil ébloui :
Partout elle me suit, toujours je Te contemple,
Ma pensée est Ton trône et mon cœur est Ton temple.
S'il existait un Dieu plus grand, plus beau que Toi,
Ce Dieu, qui peut encor s'imposer à ma foi,

7.

Je puis le redouter, lui dire : Je t'honore,
Mais je ne puis l'aimer car c'est Toi que j'adore!
Dussé-je être, à jamais, de sa haine puni,
Il n'est place en mon cœur que pour un infini!

RHAPSODIE VI

Celle qui Lui ressemblait

VI

... Toute
Mon âme tressaillait, lorsqu'Elle apparaissait
Au tournant du chemin!...

La Mort de Pérennis, v.

De ton air vertueux ne tourne pas le front!
Je ne te dirai rien, dans les vers qui suivront,
Du douloureux amour qui de mon cœur déborde!
Non! je veux aujourd'hui « pincer une autre corde
A mon luth », puisque c'est un luth « *qu'en mes mains j'ai!...* »
Tu vois, je ris! Je ris de ce vers, affligé
D'une inversion qui grince des dents et crie...
Moi, c'est ce que j'appelle une plaisanterie
De faire un vers pareil!... C'est très spirituel...
Je suis gai! j'ai chassé mon songe habituel!

Je ne sens plus, sur moi, peser son aile noire...
Mais je veux, sans tarder, te conter mon histoire :
L'aventure est étrange et te concerne un peu,
Écoute-moi, veux-tu ?

            C'était donc au milieu
De Brompton-Road, devant cette ruelle étroite
Qui descend vers des cours infectes, sur la droite.
Je m'en allais, pensant à toi comme toujours,
Lorsque parut soudain, sortant d'une des cours,
Une femme, une enfant plutôt, dont au passage,
Un instant, de profil, j'aperçus le visage.
Puis, elle descendit la route, devant moi.
Ce ne fut qu'un éclair, mais un immense émoi
Cloua mes pieds au sol, couvrit d'ombre ma vie,
Serra mon cœur dans un étau : — Je t'avais vue!

C'était toi, mon amour! tes cheveux sur ton front
Ondulés, et ces chauds reflets dorés qu'ils ont,
Tes cheveux bruns; c'était ton nez, c'était ta joue,
Et ton épais sourcil, et ta lèvre où se joue
Un sourire si doux qu'il semble comme un chant,
C'était ton clair regard, si tendre et si touchant,
Ton grand œil lumineux, qu'une aube immense noie,
Qu'il soit voilé de pleurs ou rayonnant de joie;
C'était ta marche aussi : c'était ton pas léger,

Majestueux et fier et qui me fait songer,
Dans sa souplesse chaste et sa grâce hautaine,
Aux vierges descendant des temples blancs d'Athène...
Oui, c'était toi, mon cher amour, je te suivis,
Et les passants riaient à voir mes yeux ravis.

Pauvre enfant! Elle avait une robe percée
De mille trous, grossièrement rapiécée
Au moyen de morceaux de diverses couleurs;
Une robe légère, en coutil sombre, à fleurs...
La jupe, un haillon noir, trop courte par derrière,
Laissait voir des bas gris, d'une laine grossière,
Retombant sur de lourds souliers garnis de clous,
Éculés aux talons et percés aux deux bouts.
Son grand orgueil était un chapeau, dont la paille
Boueuse s'échancrait d'une profonde entaille
Sur un des bords. Coquette — on l'est toujours un peu! —
Elle avait attaché — splendeur baroque — au lieu
Du ruban qui manquait, une plume cassée.
Elle allait lentement, songeuse, embarrassée
De porter sous le bras un vieux dogue hargneux,
Qui toisait les passants de son œil dédaigneux
Et rouge. Elle l'aimait, ce compagnon; très tendre
Elle disait des mots qu'il paraissait entendre,
S'arrêtait pour changer de bras le cher fardeau,
Ou pour frotter sa joue à son affreux museau.

Pauvre enfant! les haillons dont elle était vêtue
N'empêchaient point, pourtant, ô ma belle statue,
Qu'elle te ressemblât comme le cuivre à l'or!
Je voulus la revoir, m'en éblouir encor,
Contempler à loisir enfin tout son visage...

Oui! c'était étonnant! C'était ton port, ton âge,
C'était la même grâce, et la même beauté,
Et le même sourire aimant... mais, d'un côté,
Sous l'arc harmonieux de son sourcil splendide,
Elle avait, entouré d'un grand cercle livide,
Écrasé dans l'orbite, enflammé, purulant,
Un œil que dévorait un chancre, un œil sanglant,
Un œil vitreux et noir, figé sous la paupière,
Un œil hagard qui ne voyait plus la lumière,
Et semblait regarder, dans la nuit, fixement,
La Mort qui faisait signe et venait lentement;
Un œil qui reflétait la vision horrible,
Un œil sinistre, un œil funèbre, un œil terrible.
Et soudain d'une horreur indicible effleuré,
Je me suis arrêté, très pâle, et j'ai pleuré!

O mon amour! O mon amour aimée! écoute :
Si je te rencontrais quelque jour, sur ma route,
Sombre, morne, maudite, et vieille, et laide, ayant

Sous un front couvert d'ombre un regard effrayant,
Par l'âge, et la misère, et le vice flétrie,
Sur les trottoirs fangeux, traînant ta chair pétrie
De tant d'impuretés que, détournant les yeux,
L'homme au cœur le plus dur s'éloignât moins joyeux,
Si ton âme, — ô blancheur lumineuse et sans tache! —
Devenait vile, fausse, abjecte, infâme, lâche,
Quand même on me dirait : « Par elle tu mourras! »
Comme je te prendrais encore entre mes bras!
Comme je te prendrais encor sur ma poitrine!
Comme je te dirais : « Ton étreinte est divine!
Je t'aime! je t'adore à genoux! je suis fou!
Enfin je suis heureux, tes bras autour du cou!
Enfin! je vis le songe inouï de mes fièvres!
Mon amour! je voudrais laver avec mes lèvres
Ton pauvre corps meurtri, ton pauvre corps souillé!
Je voudrais, à tes pieds sacrés, agenouillé,
Prendre sur moi ta fange, et sur moi ta souillure,
Te refaire en mon sein, jeune, rieuse, pure,
Ou du moins partager tous tes maux : attacher
Et ta honte à mon nom et ton chancre à ma chair!
Comme je te dirais : Mets ta tête lassée
Sur mon épaule! Dors, tendrement embrassée!
Dors, je veille sur toi! Dors, je t'aime à jamais!
Dors, je t'aime à présent plus que je ne t'aimais
Dans ta grâce et dans ta douceur d'enfant sereine!

Car tu seras toujours ma maîtresse et ma reine!
Mon unique désir et mon unique Dieu!
Oui! J'ai souffert un peu quand tu m'as dit adieu...
A présent, tout est bien! Je t'adore! Je t'aime!
Et je n'ai point changé! Je suis toujours le même!
Mon amour!... Que c'est bon de t'appeler ainsi!

Oui, je ferais cela, je te l'affirme ici,
Ayant devant les yeux, — vision formidable! —
Celle qui sous un front, très chère, au tien semblable,
Portait le mal abject que l'on ne guérit pas,
Et qui passe en riant, son vieux chien sous le bras!

RHAPSODIE VII

A celui qui L'a prise

VII

Te criant ces chers mots par lesquels tu vibras,
Tant que je sentirai, je t'aurai dans mes bras.

La Mort de Pérennis, IV.

Jeune homme, qui m'as pris la femme que j'adore,
Je ne t'ai jamais vu; de toi, j'ignore tout;
Mais je t'exècre bien, sois-en sûr! Je t'abhorre!
Rien qu'à songer à toi, jeune homme, mon sang bout!

Et pourtant, j'oublierai ma haine et ma colère,
Je ne marcherai plus dans Son ombre caché,
Et je m'exilerai loin d'Elle — pour te plaire! —
Si tu veux seulement accepter ce marché :

8.

Écoute! tu prendras Sa jeunesse et Sa joie,
Tu prendras la fraîcheur de Sa fraîche beauté,
Sa bouche qui sourit, Son œil qu'un rêve noie,
Et Son front où l'amour a mis sa royauté;

Tu sécheras Ses pleurs, tu calmeras Ses fièvres,
Tu seras Sa tendresse, hélas! Sa volupté!
A toi l'étreinte, à toi le baiser sur les lèvres,
Le don de l'être entier d'où rien n'est excepté!

A toi toute Sa vie, ô jeune homme! Oui, toute!
Son rire, Son parfum, Son désir, Son amour,
Sa noble âme sans peur, Son clair esprit sans doute,
Tu posséderas tout, tout, jusqu'au dernier jour!

Oui, mais tu donneras, quand Elle sera morte,
Quand la joie aura fui, pour faire place au deuil,
Au vieillard qui viendra sur le seuil de ta porte,
S'agenouiller, priant et pleurant, Son cercueil!

Je serai ce vieillard à l'âme désolée;
Elle m'appartiendra, dès cette heure, à jamais :
J'irai vivre près d'Elle, au fond du mausolée
Où je pourrai lui dire, enfin, que je L'aimais!

Je passerai mes jours à La veiller dans l'ombre,
A bercer Son sommeil dans le silence noir,
Et, sans m'inquiéter de ma raison qui sombre,
Je pourrai Lui crier enfin mon désespoir!

Je Lui raconterai toute ma triste vie :
Comment j'ai descendu vers la Mort, emporté
Sans crainte, sans amour, sans désir, sans envie,
Sevrant mon cœur de joie et mon œil de clarté!

Je Lui dirai l'horreur de mes longs jours funèbres,
De mes nuits où passaient des songes affolants,
Des cauchemars qui me montraient dans les ténèbres
Son front rose, Ses cheveux bruns et Ses bras blancs!

Et je Lui dirai « Toi », je Lui dirai « ma femme »,
Et comment Elle était toujours à mon côté,
Dans mon cœur, dans ma chair, dans mon sang, dans mon âme,
Mon unique douceur, et ma seule beauté!

Elle n'entendra pas, je le sais, mais qu'importe,
Elle ne m'aurait pas entendu mieux, avant!
Je suis le vieillard fou, berçant son amour morte,
Dans la tombe avec Elle enseveli vivant!...

Qu'on me la donne donc, en Son cercueil couchée,
Et peut-être qu'alors en Elle passera,
La moitié de mon âme éperdument penchée
Au-dessus du cher front qui se reposera!

RHAPSODIE VIII

The Doll

VIII

Enfin! enfin! Je n'ai plus peur du cabanon!
La Mort de Pérennis, v.

Hier, je visitais une Maison de fous,
Et j'en garde un malaise inexprimable. Tous
M'ont dit des mots profonds et des choses sensées,
Et j'ai peur d'avouer que les folles pensées
Qui battent les barreaux de fer de la prison
De leurs ailes de nuit, sont pleines de raison,
Sont pleines de sagesse et de raison, sont telles
Que celles dont on voit les clartés immortelles,
Luire aux fronts les plus hauts!... Les effroyables voix!
Les effroyables yeux! Toujours je les revois,
Ces yeux hagards, flambants dans ces faces avides,
Jetant une lueur noire sur les livides
Visages qui sont là, dans l'ombre, m'observant,
Comme pour deviner si, quand je vais, rêvant,

Mon songe est différent de ce songe qui penche
Leur front...

        D'abord, un grand vieillard à barbe blanche,
M'a crié : « Mon enfant, élève les mains vers
L'immortel Créateur de ce vaste univers !
Moi, j'ai longtemps douté de ce souverain maitre :
Ma raison disait « non ! » mon cœur disait « peut-être ! »
Et durant cinquante ans, chaque jour vit entre eux
Une lutte muette, aux efforts douloureux.
Mais maintenant je sens une pitié profonde,
Pour ceux qui vont sans Dieu dans la nuit de ce monde,
Et je ne comprends plus que l'on puisse ici-bas
Supporter sans faiblir nos éternels combats,
Si l'on n'a pas un but en dehors de soi-même,
Si l'on n'a pas un Dieu pour lui crier : « Je t'aime ! »

Puis, ce fut un jeune homme aux yeux cernés, brûlants
D'une fièvre extatique. Il marchait à pas lents,
Secouant ses cheveux flottants, levant la tête.
Il m'a crié : « Salut ! Écoutez le Poète !
Celui qu'on attendait et qui devait venir,
Celui dont les leçons formeront l'Avenir.
Je suis le Défenseur de l'opprimé, le Guide,
L'Appui, l'Ami de ceux qui, marchant l'âme avide
De pitié, de douceur, de tendresse et d'amour,

N'ont encor rien trouvé de tout cela! Le jour
N'est pas plus lumineux, plus clair que ma parole;
Mon chant est une fleur dont l'ardente corolle
Verse à qui la respire un suave parfum,
Et nul n'échappe à son charme enivrant, — pas un!
Je suis la Voix sonore inspirée et bénie!
Inclinez-vous! Devant la splendeur du Génie!... »

Puis, enfin, une femme aux longs cheveux épars
S'offre implacablement, partout, à mes regards.
Elle ne disait rien — pas un mot — occupée
A bercer tendrement une étrange poupée,
Faite de deux morceaux de bois, grossièrement
Sculptés, elle fixait sa prunelle, ardemment,
Avec une douceur infinie et suprême,
Sur cet informe objet. Parfois, sa face blême,
Respectueusement se penchait, pour poser
Sur le bois insensible un timide baiser.
Puis elle le serrait plus fort sur sa poitrine;
Une joie ineffable, une extase divine,
Brillaient dans ses grands yeux qui se baignaient de pleurs;
Toutes les voluptés et toutes les douleurs,
Passaient sur son visage en un navrant sourire :
Clarté, rayonnement que l'on ne peut décrire,
Toute notre âme humaine était devant mon œil,
Sur cette face maigre et hagarde : l'orgueil

De posséder un bien unique, un bien suprême;
L'ivresse d'être seule à lui dire : « Je t'aime! »
L'indicible bonheur de l'avoir tout à soi;
Puis aussi la terreur de le perdre, l'effroi
De le voir désiré par un autre, et la crainte
Qu'il ne se lasse enfin de la jalouse étreinte...

Oh! dis-moi, mon amour, est-ce que je suis fou?...
Je crois toujours que j'ai Tes bras autour du cou!
Je crois toujours sentir Ton souffle qui caresse
Mon front! je crois sentir une ineffable ivresse
De Ton cœur frémissant, en mon être éperdu,
Passer, infiniment suave! J'ai perdu
Ma jeunesse à bercer mon âme de ce rêve,
Ma vigueur s'est tarie à m'enivrer sans trêve
Du désir que versaient ces songes affolants,
Et je passe mes nuits à baiser Tes pieds blancs!
En Toi je crois en Dieu, pour Toi je suis poète,
Et la sérénité de mon âme inquiète,
Et la divinité de mon âme sans foi,
Mon amour c'est Toi seule, hélas! et rien que Toi!
Horreur! Horreur! si mon âme s'était trompée!
Horreur! Horreur! si Tu n'étais qu'une poupée
Qui n'entend point les mots que le cœur dit tout bas!
Horreur! je suis un fou, si Tu ne comprends pas!

RHAPSODIE IX

Je suis un bon chrétien...

IX

Je suis un bon chrétien qui ne peut croire en Dieu!
Mais dans l'âme, je hais les luxures païennes,
Je méprise la chair et mon unique vœu
C'est de faire mon cœur très pur, pour que Tu viennes!

Pour que Tu viennes le remplir de Ta beauté!
Pour que Tu viennes, Toi, la fière, la divine,
Mettre en mes mains le grand lys de Ta pureté,
Le lys royal devant lequel mon front s'incline.

9.

Mon corps me fait horreur, et la splendeur du Tien
N'éclaire point mes nuits de sa blancheur suave...
O mon unique amour, je suis un bon chrétien,
Et c'est Toi l'Éternel dont mon âme est esclave !

Je T'invoque au matin, Je T'adore le soir ;
Je Te dis de grands mots qui font l'âme plus grande ;
Mon amour devant Toi brûle, pur encensoir ;
Et de toute action mon cœur Te fait offrande.

Je suis un bon chrétien : j'ai très peur de la Mort.
Que sait-on ?... Bienheureux celui dont l'esprit nie !
Qu'elle vienne pourtant et j'espère être fort
Car je T'invoquerai sur mon lit d'agonie.

RHAPSODIE X

Cauchemar

Je te disais des mots confus, des choses vaines,
Et tu n'entendais pas, car tu mourais aussi !
Durant de longs instants nous restâmes ainsi,
Sans faire un mouvement, dans une torpeur tiède,
Et je te soupirais parfois : Je te possède !
Autour de nous, dans l'air épais et bleu, les sons
S'étouffaient; de subtils parfums, de lents poisons,
Sous nos fronts alourdis mettaient d'étranges fièvres;
Altéré, j'essayais de rafraichir mes lèvres
A ton corps, qui brûlait mon gosier desséché;
Sur tout ton être, pris de vertige, penché,
Je respirais les chauds parfums de ta poitrine,
Et je sentais venir comme une mort divine.

Dans la neige, très haut, sur un sommet perdu
Dans la virginité blanche d'un blanc nuage,
J'étais un cygne blanc, un grand cygne sauvage,
Et vers toi je poussais un appel éperdu.
Tu vins, ô mon amour ! Tu m'avais entendu !
Grand cygne blanc aussi, fait pour les vierges cimes,
Tu retrouvais ton frère au fond des cieux sublimes,
Et là, loin de la terre aux spectacles hideux,
Cygnes hautains et purs nous chantâmes à deux !
Les cieux n'ont rien gardé de nos fières paroles,
Et le grand mont neigeux, insensible témoin,
Nous eut vite oubliés lorsque nous fûmes loin !...

Pagination incorrecte — date incorrecte

NF Z 43-120-12

Mais je m'en souviendrai, moi! Partout où je vole,
O mon doux cygne blanc, ma compagne, mon cher
Et noble amour, partout, au fond du pur éther,
Je conserve en mon cœur cette altière harmonie,
Et vienne la douleur, et vienne le trépas,
Mon cygne bien-aimé, va, je n'oublierai pas,
Car à deux, ce jour-là, nous eûmes du génie!

RHAPSODIE XI

La Pudeur du Mort

XI

Ce soir tremblant sous l'œil du terrible Inconnu
Je lui crierai : « Seigneur, j'ai honte d'être nu. »

La Mort de Pérennis, v.

Pourquoi cacher ta face, comme
Au paradis le premier homme ?... »
M'a crié le Grand Inconnu.
Et j'ai répondu, voix tremblante
Que le triste aveu fait plus lente :
« — Seigneur j'ai honte d'être nu ! »

« Si vous n'éteignez cette flamme
Seigneur, tous connaîtront mon âme
Jusqu'en ses plus secrets détours :
Mes espoirs, mes désirs, mes craintes,
Mes lâches pleurs, mes lâches plaintes,
Et mes ténébreuses amours !

« Du moins, par pitié, qu'Elle ignore,
L'enfant altière que j'adore,
L'abjecte horreur de mes péchés !
Seigneur, augmentez mes supplices,
Mais que mes laideurs et mes vices,
A Ses yeux demeurent cachés !

« Oui ! c'est vrai ! je fus l'hypocrite
Qui, honteux de lui-même, abrite
Derrière un masque sa laideur !
J'ai dit : « Je suis pur et sublime,
Mon amour est comme une cime,
Et je suis grand de sa grandeur ! »

RHAPSODIE XII

Alors vous avez dit...

XII

Moi, qui ne suis qu'un faible et timide poète...

La Mort de Pérennis, 11.

Alors vous avez dit : — « Éloignons-le de nous !
C'est un faiseur de vers, un de ces pauvres fous
Qui vont, parlant tout haut au sein des solitudes,
Écrivent des romans qu'ils nomment leurs « *études* »
Ou rimaillent des vers qu'ils appellent leurs « *chants !...* »
Ces gens sont à la fois grotesques et touchants,
De prendre au sérieux toutes leurs rapsodies !
Un être (il est vraiment d'étranges maladies),
Qui passe tout son temps à combiner des mots,
A converser avec le vent, avec les flots,
Les arbres, les ruisseaux, les nuages, la Lune,

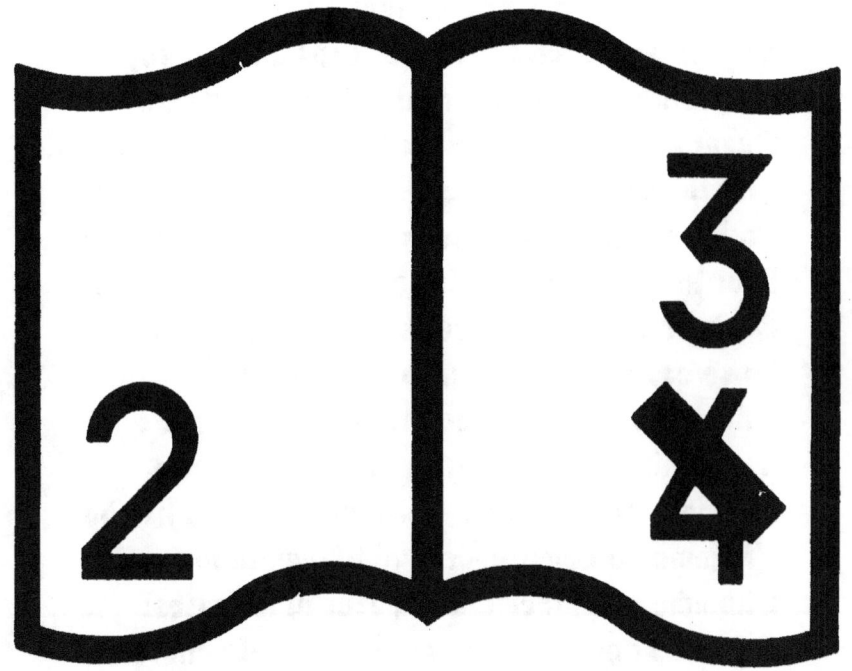

Pagination incorrecte — date incorrecte

NF Z 43-120-12

Doit avoir — pour rester polis — une lacune
Dans l'esprit! Nous n'avons jamais, — même en rêvant! —
Eu le moindre désir de confier au vent,
Le plus petit secret, ou bien, dans une affaire,
De prendre son avis sur ce qu'il faudrait faire!
Quant à la Lune, elle est très bien au fond du ciel...
Sans doute, c'est un cœur sans malice et sans fiel,
Un brave enfant, très doux pour les bêtes, et même
Pour les gens, mais enfin, on est rangés : on n'aime
Pas à trop fréquenter ces bohèmes, qui vont
En se cassant le nez à trop lever le front!
Puis, ils sont d'un orgueil ridicule et notoire :
L'humanité, sans eux, irait dans la nuit noire,
Sans joie et sans clarté, sans guide et sans flambeau,
L'homme ne comprendrait ni le Bien ni le Beau,
L'homme n'apprécierait ni l'azur ni les roses!
Ces gens ont découvert ainsi des tas de choses,
Dont nul ne soupçonnait l'existence avant eux.
D'ailleurs, en général, ce sont d'infâmes gueux;
Leurs livres sont remplis d'abominables scènes,
De tableaux dangereux, et quelquefois obscènes.
Un poète est un fou, que célèbrent les sots,
Un baladin, qui sait jongler avec les mots,
Un serin, répétant des choses déjà dites,
Un vagabond, suivant les routes interdites,
Pour le plaisir coupable et mauvais d'y marcher,

Un impudent, faisant le mal sans se cacher,
Un crétin qui rêvasse, un paresseux qui bâille,
Un bouffon qui fait rire ou pleurer et qu'on raille,
Un mendiant de gloire, impudique et toujours
Prêt à conter à tous ses grotesques amours,
Un vaniteux, qui s'enfle, et se gonfle, et s'essouffle
A faire un front divin de son front de maroufle,
Un cuistre qui bien haut à tous dit : « Lisez-moi!
Partagez ma douleur, mon plaisir, mon émoi! »
Un gueux, enfin, qui n'a pas de métier honnête!

Or, voici, bonnes gens, ce que c'est qu'un poëte.

Quand, funèbre et vêtu d'un crêpe transparent,
Le soir, pâle et pensif, au front du jour mourant,
Met un voile très doux de brume violette,
Devant le crépuscule anxieux, où halète
La Nature pour qui ce voile est un linceul,
Quel cœur n'a tressailli de l'horreur d'être seul?
Quelle âme n'a senti, tandis que dans l'espace,
Mélancolique et doux un dernier rayon passe,
Un besoin de jeter en grands mots solennels,
Son espoir d'infini, son désir d'éternel,
Dans l'abîme effrayant qui se creuse dans l'ombre,
Où la terre en passant a laissé, poupe sombre,
Un sillage anxieux de cris et de sanglots?

11

Oh! tandis que l'esprit alors s'ouvre à des flots
De visions de deuil, d'images funéraires,
Que toutes nos douleurs et toutes nos misères,
Nos haines, nos amours, passent devant nos yeux :
— Innombrable cortège, allant silencieux
Vers le morne horizon où l'obscurité tombe,
Se coucher à jamais, lentement, dans la tombe
Où nous devons aller les rejoindre un matin! —
Oh! tandis que le front, même le plus hautain,
Songeant à ce néant qui bientôt doit le prendre,
Se courbe, fatigué de vivre, et croit entendre,
Comme une grande voix qui lui parle tout bas,
Lui rappelle ses vains efforts, ses vains combats,
Ses vains rêves, hélas! hélas! ses amours vaines,
Et lui dit tristement qu'en ses luttes prochaines,
Pas plus qu'auparavant il ne sera vainqueur,
Que les espoirs aimés qu'il nourrit en son cœur
Seront encor déçus par le Destin farouche,
Qu'il est maudit en tout ce que son désir touche,
Qu'ils ne servent à rien le travail et l'effort
Lorsqu'on a contre soi la volonté du Sort,
N'est-ce pas qu'il est bon, qu'il est doux, à cette heure
Où l'âme sent une aile obscure qui l'effleure,
De sentir près de soi, dans la nuit du chemin,
Un ami qui vous aime et vous tienne la main?...
Eh bien! vous qui souffrez, pauvres âmes brisées,

De vos amours, de vos tendresses méprisées,
Vous tous qui dans le soir morose avez gémi,
Le poète au front triste et doux est cet ami!

Il vient, cœur tendre, empli d'une angoisse pareille;
Il vous parle tout bas, doucement, à l'oreille;
Il vous dit ses chagrins, ses songes, ses espoirs,
Et comment il souffrait dans le calme des soirs,
Dans la sérénité de la nuit qui commence,
D'une soif indicible et d'un désir immense,
De tendresse, de paix, de bonté, de douceur.
Il est celui qui comprend tout, dont l'âme sœur
A les mêmes terreurs et la même faiblesse,
Il souffre comme vous et, comme vous, il laisse
Ses plaintes s'exhaler quand le sort est trop dur!
Il est très fraternel, très sincère, très sûr.
Son unique bonheur, hélas! sa joie unique,
Est de songer, quand vient le soir mélancolique
Ayant derrière lui son voile noir flottant,
Que peut-être, qui sait, son âme en cet instant,
Est là-bas, quelque part, dans cette ombre, cachée,
Près d'une douce enfant sur un livre penchée,
Et qu'il l'emporte loin des fatigues du jour,
Dans l'ardente splendeur d'un idéal amour!

Je voudrais les aimer, toutes ces pauvres femmes

Si douces, qui s'en vont enfermant en leurs âmes
Des trésors de tendresse, incompris, ignorés.
Devant leurs tristes fronts qu'on n'a pas adorés!
Grave, pieux, rempli de respect, je m'incline;
Et je leur dis : je vous comprends, je vous devine,
Pauvres cœurs que la vie a pour toujours fermés,
Pauvres cœurs méconnus que l'on n'a point aimés!
Oui, quelle que tu sois, ô lectrice inconnue,
Dont l'âme a tressailli quand mon âme est venue,
Me veux-tu pour époux? Me veux-tu pour amant?
Je t'aime, et te le dis! je t'aime éperdument!
Que m'importent ton nom, ta fortune, ton âge,
Les songes de ton cœur, les traits de ton visage,
La forme de ton front, la couleur de tes yeux,
Ton caractère triste, ou ton esprit joyeux!
Que m'importe! Au désir d'amour si tu t'affoles,
Écoute et prends pour toi mes ardentes paroles,
Je suis celui qui t'aime et qu'appellent tes vœux,
Je veux t'appartenir, ô femme! si tu veux!

C'est donc là, bonnes gens, le destin des poètes :
Consoler, ranimer, aimer, montrer les faîtes
Couronnés de lumière et revêtus d'azur,
A ceux qui vont, perdus dans le marais impur;
Devant l'homme, lassé de ses courses sans trêves,
Faire marcher le blanc cortège de leurs rêves!

Oui, tous, sans le savoir, vous nous avez suivis!
Avez-vous oublié les heures que ravis
Vous passiez, toi vieillard, qui t'en vas solitaire
Et sceptique, à sourire au sceptique Voltaire?
Toi, jouisseur brutal, lourd viveur qui te plais
Aux gros mots truculents, à voir, de Rabelais,
La trogne où nul souci ne peut laisser de trace,
Refléter le gros rire inepte de ta face?
Toi, séducteur léger, bien brillant, bien verni,
A répondre au clin d'œil de Monsieur de Parny?
Et toi lâche, âme faible au vil mensonge prompte,
Qui caches tes amours comme on cache une honte,
N'osant pas regarder en face tes rivaux,
Combien de fois n'as-tu pas payé de bravos,
La grimace tordant la pâle face altière,
De ce cocu sublime et douloureux : Molière?...

Ceux-là sont les amis de la foule; pour eux
Elle garde sa gloire et ses cris amoureux;
Mais il est d'autres voix qu'en silence on écoute,
Aux heures de tristesse, et de lutte, et de doute,
Et que les nobles cœurs toujours préféreront :
O vous qui traversez la vie, ayant au front
La douleur d'une amour dédaignée ou coupable,
Racine vous dira comment la misérable

Phèdre, ou la malheureuse Hermione ont pleuré;
Vous, dont le cœur dans la nuit froide est demeuré,
Sans qu'un rayon d'amour réchauffant y pénètre,
Amants infortunés qui n'eussiez pas dû naître,
Et dont le désespoir stérile, en vain, plaida,
Voici Chateaubriand, parlant pour Velleda,
Victor Hugo, pour le bossu de Notre-Dame,
— Quand le front n'est pas beau qu'importe la belle âme! —
Voici Brizeux, Musset, Dumas, Gauthier, Vigny,
Lamartine, Soumet, Banville, Glatigny...

Et si je puis, enfin, moi, l'infime rhapsode,
Après ces demi-dieux, vous dire aussi mon ode,
Beaux amants, enlacés dans votre songe heureux,
Moi, le cœur attristé, moi, le front douloureux,
Mais qu'un ardent rayon d'espoir couronne encore,
Moi, l'œil rempli de nuit, qui regarde l'aurore,
Moi, je vous parlerai, lorsque mourra le jour,
De tendresse infinie et d'éternel amour!
Je vous dirai comment Celle que j'ai perdue
Était l'unique Dieu de mon âme éperdue!
Je vous dirai, tout bas, mon adoration,
Pour Celle qui n'a point compris ma passion,
Et qui l'eût partagée, et qui S'est éloignée
Sans l'avoir méconnue, hélas! ni dédaignée.
Si j'avais pu parler, Lui crier seulement

Combien je L'adorais sans partage, comment
Vers Elle, à tout instant, s'envolait ma pensée,
Elle ne serait point, à présent, fiancée,
Je serais Son époux, je le sais, je le sens!
Un poète, en son cœur, trouve de tels accents,
Que tous sentent passer, de son âme en leur âme,
Un peu de sa douleur comme un peu de sa flamme!
Et si ces pauvres mots, si ces pleurs, si ces cris,
Par Celle que j'aimais pouvaient être compris,
Si je pouvais, parfois, La rêver inclinée
Sur ces pages — l'Enfant qui fut ma Destinée! —
Si je pouvais rêver qu'Elle vous lit, ô vers!
Que votre voix, qui monte amoureusement vers
Elle, peut La tenir attentive et charmée,
Qu'Elle écoute longtemps vibrer, ma bien-aimée,
Dans Son âme, le chant de ces mots qu'Elle a lus,
Le Sort pourrait frapper, je ne me plaindrais plus!

RHAPSODIE XIII

Je n'irai point devant le prêtre à barbe grise...

XIII

... Jusqu'à l'heure suprême
Je veux crier : « Je t'aime » et répéter ton nom !...

La Mort de Péreanis, v.

Je n'irai point devant le prêtre à barbe grise
    M'agenouiller auprès de Toi,
Dans le recueillement de cette chère église
Où je n'entre jamais sans un profond émoi !

Je ne Te dirai point : « Je Te prends comme épouse,
    « Pour Te chérir et T'entourer
« D'une adoration exclusive et jalouse,
« Jusqu'au jour où la mort viendra nous séparer ! »

Et Ton père, vieillard auguste, front qui pense,
        Joignant Ta main blanche à ma main,
Au poëte, rempli d'une allégresse immense,
Ne dira pas : « N'ayez tous deux qu'un seul chemin ! »

Et pourtant, malgré tout, mon regard qui pénètre
        Le secret des temps à venir,
Voit, bien qu'un autre soit Ton époux et Ton maître,
Nos deux noms, à jamais, unis par l'avenir !

Oh ! ne Te trouble pas, enfant ! Jamais ma bouche
        N'a dit, jamais je ne dirai
Ce nom, que je conserve avec un soin farouche,
En un coin de mon cœur, profond et retiré !

Non, non ! jamais, jamais ! la foule que méprise
        Et que dédaigne mon orgueil,
Ne doit savoir par moi, pourquoi ma tempe grise,
Pourquoi mon front, mon triste front, voilé de deuil.

Mais nous sommes ainsi, nous autres, les poëtes,
        Des voix vibrent autour de nous,
Qui de nos actions, même les plus secrètes,
Et des songes dont nous sommes le plus jaloux,

Et de nos voluptés, et des douleurs cachées
  Au plus intime de nos vers,
Et des fatalités à nos pas attachées,
Content tous les secrets à l'avide univers!

Qui donc a prononcé la parole indiscrète?...
  Nul ne le sait! Nul n'a rien dit!
Et le monde connait le secret du poète,
Et pourquoi, tour à tour, il implore et maudit! ·

Qui sait! Ce sont les bois peut-être, les vieux chênes
  Qui se lamentent dans le vent,
Ou la mer dont l'effroi des tempêtes prochaines
Gonfle et fait palpiter le sombre sein mouvant!

Ce sont les grands roseaux stridents des marécages,
  Au souffle des soirs frissonnants,
Ou les rauques clairons des livides orages,
Sur les monts, de clameurs lointaines, résonnants.

Car ce sont là mes seuls confidents! mon front blême
  Leur inspire de la pitié;
Je le sens, ils sont bons, ils me chantent le thème
Que leur dicte pour moi leur austère amitié.

Ils me parlent de mort, de tombe, d'agonie,
    De repos après le tourment,
Et leur voix qui blasphème et leur bouche qui nie
Hurle, à travers le ciel épouvanté : « Tout ment! »

« Toute allégresse est vaine, et toute joie est fausse!
    Deux sœurs : l'Égoïsme et l'Orgueil,
Se disputent nos jours maudits jusqu'à la fosse,
Se partagent nos cœurs maudits jusqu'au cercueil! »

Puis ils ont une voix berceuse, une voix tendre,
    Une voix émue, une voix
Qu'il est réconfortant et suave d'entendre,
Pour murmurer ton nom, quand j'ai trop mal, parfois.

Ils le disent si doucement, ma bien-aimée,
    Avec tant d'amour, que je sens
Des larmes rafraîchir ma paupière enflammée,
Et que mon cœur gonflé se brise à leurs accents.

C'est comme un chant, un chant d'une ivresse infinie,
    Dont je voudrais que l'univers
Tout entier pût goûter l'ineffable harmonie...
Car ton nom est plus doux, bien plus doux que des vers!

RHAPSODIE XIV

Dégoût devant les âmes banales

XIV

... Le genre humain,
Qui depuis dix mille ans suit le même chem'n...

La Mort de Pérennis, 1.

Ce sont de braves gens, très honnêtes, très sages;
Ils vivent doucement, sans luttes, sans orages,
Sans passion gênante, ou désir qu'il ne faut
Ni confesser tout bas, ni s'avouer tout haut.
Ils se sont mariés simp'ement. -- « Mariage
D'amour! » : car il vaut mieux être à deux en voyage,
Car on s'ennuyait seul sur le chemin banal,
Car « elle » était très bien, car « il » n'était pas mal,
Car le chiffre de leur fortune était le même,
Et que faut-il de plus pour qu'un noble cœur aime?...

13.

Ils s'en vont, à présent, très confortablement,
Mangeant bien, buvant bien, vivant bien et dormant
—Sans cauchemar, cernant les yeux, séchant les lèvres,
Sans élans, sans ardeurs, sans délires, sans fièvres, --
Dans un calme parfait et... dans des lits jumeaux!

Ce sont de laids, ce sont d'obscènes animaux
Si stupides, qu'à peine on s'abaisse à maudire
Leur laideur! Je les hais, plus que je ne puis dire,
Ces « braves gens » banaux et grotesques, ces « bons
Pères », ces « bons époux » : crétins nauséabonds!
Égoïstes obscurs! Panses et fronts sinistres!
Ils ricanent à voir les meurtrissures bistres
De tes grands yeux ardents, ô brune Passion,
Quand, trébuchant sous la croix de ta Passion
Tu t'en vas, gravissant ton douloureux calvaire!
On te juge avec une indulgence sévère :
N'as-tu pas mérité ton lent supplice, un peu?
Pourquoi donc voulais-tu mettre en place de Dieu
Ou cet être égoïste, ou cet être volage?
Ce n'était ni prudent, ni vertueux, ni sage!...
Un homme de bon sens n'aime jamais ainsi!...

Lâches! Lâches abjects! Je vous ordonne ici
D'emplir d'horreur pour moi vos cœurs pusillanimes!
Car moi, pour mon amour, je commettrais les crimes

Les plus affreux, sans même hésiter un instant!
Je Lui dis : Que veux-Tu? qu'ordonnes-Tu? j'attends!
Ma fortune? — Un seul mot! ma vie? — Un seul sourire!
Mon honneur? — Ne prends pas la peine de le dire!
Que je puisse en Tes yeux deviner Ton désir,
Je suivrai le chemin que Tu voudras choisir!
Parle! Rien ne pourra m'arrêter! Rien au monde!
Parle! Je serai vil, horrible, atroce, immonde,
Si tel est Ton plaisir, très chère! s'il le faut,
Pour Te plaire, j'irai porter sur l'échafaud,
Parmi les plus abjects, parmi les plus infâmes,
Mon front de demi-dieu!

              Maintenant, bonnes âmes,
Indignez-vous. Allez! Au poète, en beaux cris,
Jetez vos fiers dédains et vos nobles mépris:
Je suis le vil jouet d'une passion vile,
Je suis un fou, je suis un lugubre imbécile
Que le moindre hasard peut rendre dangereux,
Je suis... — Continuez!... Nul ne fut plus heureux
D'être un monstre. Ma crainte et ma terreur suprême,
C'est de vous ressembler quand vous dites : « Je t'aime! »

RHAPSODIE XV

L'Amour

XV

Cet amour qui n'eut rien ni d'impur, ni d'infâme,
Rien que le front levé je ne puisse avouer...

La Mort de Pirennis, v.

Dis-moi, que penses-tu de l'amour, jeune fille?

A ce doux mot, ton sein palpite et ton œil brille;
Une aube immense emplit ses noires profondeurs;
Toutes les voluptés et toutes les pudeurs .
Sur ton front où leur vol tumultueux se pose,
Mettent comme un reflet d'ailes, tout blanc et rose!
Tu songes aux matins de printemps, aux matins
Où la brume bleuâtre, aux horizons lointains,
Dresse de beaux palais, où ton rêve s'envole,
Afin d'y consacrer, loin d'un monde frivole,

Et toute sa tendresse, et toute sa douceur,
Au beau rêve pareil que forme une âme sœur!
Tu songes, d'un désir infini caressée,
A l'ivresse de vivre éperdument pressée,
Sur un cœur que remplit un semblable désir;
D'avoir tout en commun, douleur, espoir, plaisir,
La chair dans sa faiblesse, et l'esprit dans sa force,
Et l'ardeur pour la lutte où chaque être s'efforce,
Par plus de sacrifice et plus de dévouement,
De prouver qu'il s'oublie et songe, seulement,
Au bonheur de l'élu qui possède son âme.
Oh! vivre à deux, très haut! neige, lumière, flamme,
Là-bas, à l'horizon, dans le doux palais bleu,
Dans l'or, dans la splendeur de l'aube, près de Dieu!
Posséder, en son cœur, l'infini dès ce monde!
Ne savoir rien d'infâme et ne voir rien d'immonde!
Loin de la terre obscure et de l'homme méchant,
S'aimer dans un sourire et parler dans un chant!
Marcher dans une extase et dans une harmonie,
Se tenant par la main et l'âme à l'âme unie,
Dans un vaste jardin plein de fleurs et d'oiseaux!
Être très bons, très purs, très jeunes et très beaux!

Hélas! O douce enfant, Dieu n'a pas fait la vie,
Dieu n'a pas fait l'amour, que ton âme ravie
Croit si noble, si doux, si beau, si fier, si grand,

Tel que ton vierge esprit le voit et le comprend!
Le Créateur a fait rougir la Créature!
Nous sommes bien meilleurs que la bonne Nature,
Nous, les êtres maudits! Nous avons des terreurs
Lorsqu'il faut dissiper tes sublimes erreurs,
Nous tremblons d'étaler à ta vue étonnée
Notre amour tel que l'a voulu la Destinée,
Et le mystère abject de nos honteux plaisirs!
Cet amant idéal qu'appellent tes désirs,
Cet époux qui sera ton esclave et ton maître,
A qui tu dévoueras, sans réserve, ton être,
Qui doit être, à la fois, ton repos, ton appui,
Ta force, ta douceur, et ta joie : enfin, « Lui! »
S'il n'est qu'un homme, hélas! S'il n'est pas un poète.
S'il n'est pas l'âme tendre et toujours inquiète
De te froisser, de te meurtrir, de t'étonner,
A l'heure où toute à lui tu vas t'abandonner,
S'il n'a pas du génie, — et le génie est rare! —
Comment t'apprendra-t-il la caresse bizarre,
Comment te dira-t-il l'œuvre étrange de Dieu,
Sans faire sur ton front crouler ton palais bleu?...

Quel que soit son amour, d'ailleurs, ô jeune fille,
Il ne rappelle en rien le mirage qui brille
Devant tes yeux déçus; il ne rappelle en rien,
Ce sentiment suave et charmant qu'est le tien!

13

C'est un désir charnel, qui passe et qui s'émousse;
Une ivresse brutale, à chaque jour moins douce;
Un sentiment vulgaire, impur, matériel,
Où tout est de la terre, hélas! et rien du ciel!
Oh! sans doute elle peut être auguste, l'ivresse;
Elle peut être belle et noble, la caresse;
Mais la difficulté — tu comprendras plus tard! —
D'être impur chastement, bestial avec art,
Grotesque avec noblesse, et beau dans la grimace,
Est suprême et demande un effort qui dépasse
Le pouvoir du commun des cœurs et des esprits!...

Écoute, mon amour, c'est pour Toi que j'écris!
Pour Toi, que j'aurais tant voulu nommer ma femme,
Ma chair, mon sang, mon cœur, mon génie et mon âme!
Ensemble, nous eussions, dans le jardin discret,
Que garde un chérubin, cherché le grand secret.
Nous nous fussions aimés, dans l'Aube et dans le Rêve,
Moi, naïf comme Adam, et Toi, jeune comme Ève,
Oubliant le passé, les siècles, les chemins
Que depuis six mille ans foulent des pas humains.
Nous n'eussions rien connu de ces choses qu'ont faites
Les plus fameux amants et les plus grands poètes,
Pour mettre dans l'amour tout l'art, tout l'infini!
Qu'importe leur effort, ou stérile, ou béni,
Nous, il nous eût fallu de plus ardentes fêtes!...

Nous eussions, mon amour, trouvé, conquis des faîtes
De passion, si hauts, si fous, si surhumains,
Que, jamais, deux amants, se tenant par les mains,
N'eussent, au fond du ciel, dans l'ardente lumière,
Où l'éther garde encor sa pureté première,
Pleins d'un ravissement et d'un bonheur pareil,
Contemplé, d'aussi près, la splendeur du soleil !
Jamais ! Oh ! non, jamais ! Abominable idée !
Ton poëte ne T'eût, Toi, son Dieu ! possédée
Comme le vil troupeau des hommes, le troupeau
Des brutes, qui n'ont rien de sublime ou de beau,
Possède, — geste affreux ! — ses obscènes femelles !
Sous le grand arbre vert aux branches éternelles,
Dans un rayon serein et pur, venu des cieux,
Nous nous fussions étreints, semblables à des Dieux.
L'Éden vierge, inspirant notre vierge génie,
Nous eût vus nous unir avec une harmonie,
Avec une douceur, avec une beauté,
Que n'atteignit jamais l'abjecte Humanité ;
Notre extase eût été magnifique et sacrée,
Et certes, nous eussions, mon amour adorée,
Ensemble, découvert quelques secrets nouveaux,
Pour rendre la Caresse et le Baiser plus beaux !

RHAPSODIE XVI

Écrit le jour de Son mariage

XVI

Oh! Je ne prétends point qu'il fut une idéale
Figure, sans faiblesse et sans crainte!...

La Mort de Pérennis, v.

I

C'est aujourd'hui matin qu'Elle s'est mariée...
Il fait très beau pour la saison; le ciel est bleu;
C'est bien : rien ne l'aura, je crois, contrariée.
Je suis assis, très calme, en face de mon feu.

C'est étonnant combien je suis calme : je chante
Presque!...Oh! le bon feu!... J'ai froid affreusement!...
Cette brise d'avril est quelquefois méchante...
Le soleil est très doux... Oui! mais sa douceur ment!

On dirait qu'il fait beau, pourtant! Dans les allées
Des flots de promeneurs vont et viennent; on voit
Sur les chaises du Parc des femmes installées,
Travaillant et lisant. Moi, pourtant, j'ai très froid...

Des groupes de babys en blanches farandoles
Tourbillonnent sur les gazons, tout à leurs jeux;
L'air est rempli de cris aigus, de chansons folles,
Et de rires perlés. Ils n'ont donc pas froid, eux?

Oh! que je voudrais être un de ces enfants roses!
Un enfant innocent qui court, et chante, et rit!
Que je voudrais ne plus me souvenir des choses
Hideuses, dont l'image affole mon esprit!

Donc, aujourd'hui matin, sous Son voile blanc, pâle,
Et si belle! Elle entrait dans l'église, baissant,
Sous le chant enflammé de l'hymne nuptiale,
Son œil heureux, Son front, d'amour resplendissant!

Un long frémissement s'élevait de la foule :
Envie, amour, stupeur, devant tant de beauté.
Et Son père, enivré de la rumeur qui roule
Devant eux, rayonnait d'orgueil à Son côté.

Dans le chœur, sous le haut vitrail multicolore,
Un jeune homme tourné vers Celle qui venait
S'enivrait aussi, lui, de la rumeur sonore;
Et l'on voyait trembler le livre qu'il tenait.

Et le chant triomphal, que la voix cadencée
De l'orgue répandait sous la voûte, à longs flots,
Pour cet homme joyeux, et pour Toi, fiancée,
Avec le même accent disait les mêmes mots :

« A jamais, à jamais, unissez vos deux vies!
L'un sur l'autre appuyés, marchez vers le Destin!
Mettez tout en commun : craintes, espoirs, envies,
Les extases du soir, les rêves du matin!

« Ayez le même verre, ayez le même livre,
Et les mêmes chagrins, et les mêmes plaisirs,
Que la même beauté vous charme et vous enivre!
Pâlissez au frisson de semblables désirs!

« Avec les mêmes mots dites les mêmes choses!
Vibrez ensemble au chant qui passe dans la nuit,
Enivrez-vous du frais parfum des mêmes roses,
Et sous l'arbre éternel mordez au même fruit! »

II

Je n'y croirai jamais, jamais! c'est impossible!
Qu'il existe là-haut, au fond du ciel serein,
Au fond du calme azur, rayonnant impassible,
Un être au cœur de glace, un être au cœur d'airain,

Un être qui, sachant comment mon âme souffre,
Comment j'ai combattu, comment j'ai supplié,
Comment j'ai déchiré mes doigts au bord du gouffre,
Comment, sous la torture atroce, j'ai crié!

Comment j'ai dit : Seigneur, Seigneur faites-moi grâce!
Grâce! c'est trop affreux! Je souffre trop, vraiment!
Éloignez ce calice et j'accepte à la place,
J'accepte avec transport n'importe quel tourment!

Tenez! clouez mes mains à votre croix sanglante!
Qu'on déchire ma chair, qu'on écrase mes os,
Que sur mon corps livide où monte une mort lente,
Mon sang dessine, en ruisselant, d'ardents réseaux!

Votre croix! Donnez-moi votre croix! ô folie!
Vos juges, vos bourreaux, vos prêtres, vos soldats;
Le fouet qui vous meurtrit, la corde qui vous lie,
Et vos rouges préteurs, et vos sombres Judas!

Donnez-moi votre ignoble et lâche populace,
Donnez-moi vos tourments, donnez-moi vos douleurs,
Seigneur que l'on dit bon, donnez-moi votre place!
Voici ma chair, voici mon sang, voici mes pleurs!

Et que ce Tout-Puissant me regarde me tordre
Dans les affolements d'un désespoir pareil,
Et gémir, et crier, et pleurer, et me mordre
Les poings, — placidement, derrière son soleil!

Non, non! Nul ne m'écoute au fond du ciel immense,
Car cet être qu'en vain l'homme a tant supplié,
S'il existait, j'aurais éveillé sa clémence!
S'il existait, je crois qu'il aurait eu pitié!

RHAPSODIE XVII

Écrasement

XVII

La vie a fait de moi le résigné très triste,
Qui porte dans son âme un indicible deuil.
Pour moi plus rien n'est cher; pour moi plus rien n'existe;
Mon cœur n'a plus d'amour, mon front n'a plus d'orgueil!

Que me font désormais le louange ou le blâme,
Et le mépris du sage, et le rire des sots.
Que leur foule m'insulte ou bien qu'elle m'acclame,
Je ne suis, je le sais, qu'un bon rythmeur de mots!

Je ne suis qu'un poète! Un chanteur imbécile!
Un pauvre cœur meurtri dont nul cœur n'a voulu,
Criant son désespoir dans un livre inutile,
Que le néant prendra sans qu'un ami l'ait lu!

Je suis l'être le plus banal qui soit au monde!
Un poète! Chacun est poète aujourd'hui!
Du cabotin obscène au chansonnier immonde,
Chacun porte un trésor de « rêves d'art » en lui.

Et tous hurlent : « C'est nous les héros, les grands hommes,
« Les poètes sacrés : cœurs et fronts radieux!
« Chacun doit s'incliner très bas lorsqu'on nous nomme,
« Nous sommes les Vainqueurs, les Immortels, les Dieux! »

Peut-être ont-ils raison! Imbéciles sinistres!
Dans le néant humain on ne sait pas, vraiment,
En quoi sont différents les Immortels des cuistres...
L'Art, la Gloire, l'Amour et la Beauté, tout ment!

Et maintenant sois fier! Reprends, divin poète,
Ton air olympien, ton rôle de héros!
Guide l'Humanité, sois prêtre, sois prophète,
Plus grand que les plus grands, plus haut que les plus hauts!

Tu portes en toi-même un doux témoin, très triste!
Un doux témoin que navre un indicible deuil;
Pour qui plus rien n'est cher, pour qui plus rien n'existe,
Et qui n'a plus d'amour, et qui n'a plus d'orgueil.

RHAPSODIE XVIII

Dédicace d'un volume de poèmes

XVIII

Que le chant douloureux de mon amour se mêle
Aux chansons dont sourit son front indifférent...

La Mort de Pérennis, v.

Toi qui T'en vas, au bras d'un autre homme appuyée,
Toi que j'ai tant aimée, et que j'aime toujours !
Dis, la prunelle humide et de rêve noyée,
Telle que je Te vis au soir de nos beaux jours,

Rappelle-Toi, parfois, ces heures du Dimanche
Que Tu passais au bout du Cap, dans le sentier
Qui serpente le long de la mer bleue et blanche,
Sous le pin colossal fleuri d'un églantier.

Tes grands yeux par dessus Ta Bible large ouverte,
D'une autre immensité scrutaient les profondeurs;
Et je Te vois encor, rose en Ta robe verte,
J'entends encor le chant très doux des flots grondeurs;

J'entends encor la voix douce qu'ils avaient prise,
Eux les bourrus, les violents, pour T'enchanter,
Alors que Tu lisais au bout du cap, assise
Dans les rochers qu'un jour mon ombre doit hanter.

Et maintenant je sais quelle était Ta pensée;
J'ai compris Ton regard profond et solennel...
Oui, le chant éternel des flots, ô fiancée,
Éveillait en Ton cœur l'autre chant éternel!

Je veux donc répéter ici pour Toi, divine
Et douce enfant, les vers que m'a dictés tout bas,
La mer qui refléta la majesté latine,
Et la fière beauté de la sublime Hellas.

Je les ai griffonnés sur mon genou, dans l'ombre
D'où j'épiais Ton front couronné de soleil.
Si loin de Toi pourtant : œil ébloui, cœur sombre;
Et c'est pourquoi ces vers sont noirs et sont vermeils.

XIX

Nuit dans Hyde Park

XIX

... Car sans Elle, loin d'Elle,
Plus doux est le bonheur auquel est condamné
Pérennis, plus il souffre et plus il est damné.

La Mort de Pérennis, viii.

Souvent je vais errer dans Hyde Park, la nuit.
La ville, autour de moi, comme une mer qui bruit
Au loin, sur les galets sonores d'une grève,
D'un vague chant très doux berce mon vague rêve ;
Le vieux chêne anxieux se plaint au vent du soir ;
J'aime à me sentir seul et maudit, à m'asseoir
Le long de Rotten Row plein d'ombre et de silence,
A voir dans la nuit claire un couple qui s'avance :
Amants auréolés de rayons bleus, amants
Dont les lèvres, tout bas, disent les mots charmants,

Que mon plus cher désir fut longtemps de connaitre!

Toi, railleuse, Tu dis : « Mais vous voilà, Cher Maître!
Horriblement lyrique... à faux! Sachez que les...
Vous vous vantez pourtant de bien savoir l'Anglais!
Les... les « dames » qu'on voit errer dans la « nuit claire »
Du parc... ne sont pas si... poétiques!... »

                                        Très Chère,
Je sais trop qu'il se tient un infâme marché
Dans l'ombre du grand parc, et je me suis penché
Sur cette plaie affreuse, avec la pitié triste
D'un homme pour lequel le malheur seul existe,
Et qui ne veut pas croire au vice! Bien souvent,
Vers Hyde-Park Corner, quand je passe, rêvant,
Et que je vois au pied du gigantesque Achille,
Cette foule d'oisifs, devant lesquels défile
Un flot étincelant d'attelages dorés,
Mon esprit voit aussi les grands yeux éplorés
D'une femme, pauvre être au front craintif et tendre,
Et qui songe : « Il le faut! Ce soir, j'irai me vendre! »
Elle viendra balbutier des mots affreux,
Là, près du bronze altier, où brillaient ces heureux!
Le contraste est banal, passons! — Mais s'il arrive
Que dans le parc, le soir, hésitante et furtive,
Une ombre me murmure un hideux boniment,

Sans insulter, je réponds : « Non! » très poliment,
Car on ne sait jamais, vois-Tu, tout ce qui reste
Au fond du plus abject, de noble et de céleste!

L'aventure que j'eus dans le parc, l'autre soir,
Te montrera comment de bons yeux peuvent voir,
Même dans cette nuit où la laideur fourmille,
Le rayon de beauté rédemptrice, qui brille
En tout ce qui sortit des mains du Grand Auteur.
Je me promenais donc, suivant avec lenteur
Le sentier solitaire où l'ombre s'était faite,
Qui conduit de Marble Arch jusqu'à Lancaster Gate.
C'est un coin mal famé qui, le soir, se remplit
D'étranges miséreux n'ayant ni toit, ni lit.
Soudain je remarquai sur un banc, que la rue
Toute proche inondait de sa lumière crue,
Un monceau de haillons sordides : c'étaient deux
Misérables enfants, deux parias hideux.
Lui, chétif avorton, semblait avoir à peine
De seize à dix-huit ans; une pâleur malsaine
Couvrait son long visage étroit, dont la maigreur
Sinistre inspirait moins la pitié que l'horreur.
Un étrange rictus, tordant ses traits livides,
Creusait aux deux côtés de sa bouche des rides
Profondes, et montrait ses mâchoires et ses
Gencives que rongeait un ulcère. Un abcès

Violacé, faisait un gonflement énorme
Sur sa nuque, et tenait son pauvre cou difforme
Tordu, dans une attitude roide. Ses yeux :
Deux trous sombres, sans cils, atones, chassieux,
Avaient un regard faux, méchant, hypocrite. — Elle,
De ce monstre effrayant, monstrueuse femelle,
Petite, ronde, grasse, au visage blafard
Couvert de lèpre grise et blanche, au nez camard,
Au front très bas, au col couturé de scrofule,
Essayait de cacher, sous l'horreur ridicule
D'un vieux chapeau de paille, à plumes, déformé,
Son crâne, dépouillé par un mal innomé
De tous ses cheveux roux, en larges plaques rondes,
Noirâtres. Nul, devant ces deux êtres immondes
Et funèbres, n'eût pu dire lequel d'entre eux
Était le plus horrible, était le plus affreux !

Mais comme ils s'étreignaient ! Comme leurs mains crispées
S'enfonçaient, s'accrochaient, dans les loques fripées
Qui montraient par vingt trous leurs blêmes nudités !
On eût dit qu'ils s'étaient sentis précipités
Dans un gouffre de mort, et, qu'avec frénésie,
Leur épouvante, leur terreur s'était saisie,
Au hasard, dans un geste éperdu de noyé,
De quelque objet sauveur ! Étrangement ployé,
Disant l'effroi de la catastrophe prochaine,

Tout leur corps se faisait nœud, crampon, étau, chaîne.
Leurs doigts, leurs mains, leurs bras et leurs genoux, tordus
L'un dans l'autre, rivés, noués, liés, fondus,
Se serraient, se mêlaient, en une étreinte folle,
Désespérée et qui, mieux que toute parole,
Exprimait la terreur de se voir arracher
L'être sauveur! C'était mourir que de lâcher!
Oui! cet embrassement, cette étreinte suprême,
Ce qu'ils criaient bien haut, ce n'était pas « je t'aime! »
C'était : « J'ai peur! Tout hait ma nuit et ma laideur!
Sauve-moi! Donne-moi ta clarté, ta tiédeur!
Je suis faible, et maudit, et dégradé! je tremble
D'être un monstre! Sans toi, mon amour, il me semble,
Tant tous ces gens heureux sont différents de moi,
Que je n'appartiens point à l'humanité! Toi,
Toi que j'aime! toi qui m'apparus comme l'être
Le plus doux! toi qui seul voulus de moi pour maître,
Puisque tu m'appartiens, toi, mon plus cher désir,
Puisque j'ai pu, mon bien suprême, te saisir
Et te posséder, va! ma destinée est douce!
Que m'importe que tout l'univers me repousse,
Que je sois un jouet à tous les maux jeté,
Je ne suis pas un monstre, oh! non! puisque je t'ai! »

Oh! que vous étiez beaux, de les avoir mêlées
Ces abjectes laideurs de vos hideuses plaies!

Oh! que vous étiez beaux, misérables amants!
Moi, jamais, dans la nuit, sous les rayonnements
De l'infini, rempli d'une menace étrange,
Je ne me suis senti plus loin de notre fange;
Saisi d'un tel émoi devant tant de beauté;
D'un tel regret de n'avoir point à mon côté
L'âme qui, comprenant ma crainte et ma détresse,
Doit m'ouvrir le serein abri de sa tendresse,
Doit prendre mon front las sur son épaule et doit,
Si Dieu passe là-haut, me le montrer du doigt!

Te souviens-Tu d'un soir à Buckingham Palace,
Où je Te vis si triste, et si pâle, et si lasse,
A peine quelques jours avant l'atroce jour...
C'était un bal brillant et noble, un bal de cour,
Hélas! autour de nous, d'autres amants sans doute,
Couronnés de rayons, passaient, et sur leur route
La foule saluait d'un murmure flatteur
Leur orgueilleux amour! De toute la hauteur
D'un bonheur sans mélange, ils regardaient la vie;
Nul nuage, à leur vue enchantée et ravie,
Dans la sérénité du ciel n'apparaissait;
Ils passaient, et c'était le Bonheur qui passait!

Moi, loin de ces splendeurs, et loin de cette joie,
Loin du bal radieux qui chante et qui flamboie,

Loin de ces fiers amants heureux et triomphants,
Mon esprit évoquait les monstrueux enfants;
Et je songeais : — pardonne à mon âme blessée,
L'affreuse vision par elle caressée ! —
Au bonheur que j'aurais, si nous étions un jour
Comme eux maudits, n'ayant qu'un seul bien : notre amour!...

RHAPSODIE XX

« *When we are married* »

XX

Où tu t'en vas, j'irai : quelle que soit ta route !

La Mort de Pérennis, III.

Voici comment, — si tel était Ton bon plaisir !
Si Ton désir était conforme à mon désir, —
Nous pourrions arranger notre vie, ô très chère !

I

January.

Nous irons, si Tu veux, passer Janvier au Caire.
Là, dans le désert roux, baigné de rayons d'or,
Le long du fleuve jaune où l'on croit voir encor,
A travers les roseaux qui garnissent les berges,
La fille de Rhamsès guider son chœur de vierges,
Au pied du Sphinx pensif et doux, dont l'œil géant
Garde à jamais l'horreur d'avoir vu le néant
De toutes les grandeurs humaines et divines,
A l'ombre des palmiers qui du sein des ruines
Portent dans l'azur clair leurs chapiteaux touffus,
Sur le sable jonché de stèles et de fûts,
Sous les portiques lourds ou dans le granit rose,
Les prêtres et les rois sont assis dans la pose

Qu'ils choisirent un soir, voilà quatre mille ans,
Nous marcherons à deux, graves, à pas très lents.
Nous parlerons tout bas de ces choses éteintes,
Et Tes pieds adorés laisseront leurs empreintes
Sur ce sable qui fut, — alors moins radieux! —
Poussière d'Empereurs et poussière de Dieux!

II

February.

Si tel est Ton désir, — car c'est Toi la maîtresse! —
Nous passerons le mois de Février en Grèce.
Je suis un vieux savant, ridé comme un fruit sec,
Je ne Te dirai plus : « Je T'adore! » qu'en grec,
Je T'apprendrai, d'un air pédant, des tas de choses :
L'Eurotas est bordé d'énormes lauriers roses,
Nous verrons à Bassæ des chênes merveilleux,
C'est près du Copaïs qu'on trouve les lys bleus
Les plus beaux de l'Hellas! Ma Déesse chérie!
C'est dans le Parthénon, mon amour! que l'on prie
Le mieux aux pieds d'un être exquis et surhumain!
Nous irons nous asseoir là... Je tiendrai Ta main

Le cœur plein d'une joie ineffable et complète...
Le soleil, empourprant la cime violette
Du lointain Cythéron, descendra lentement...
Et Toi, Tu me diras tout bas : « O mon amant! »

III

March.

Si Tu veux, — car je suis Ton esclave docile! —
Nous irons passer Mars, ce mois sombre, en Sicile.
Je connais un vallon charmant d'où l'on peut voir,
Entre deux oliviers d'argent, l'Etna tout noir.
Aux bouches de l'Anape, il est une lagune
Où de hauts papyrus croissent. L'eau calme et brune
Dort. L'eau dort mollement, sans rides et sans plis!
Que nous serons bien là, Dearest, ensevelis,
Dans l'ombre verte qui descend des hautes tiges.
Nous sommes en bateau; je rame; Tu diriges;
L'eau que chasse la proue entre les fuseaux verts
Bruisse sonorement, et Tu me lis des vers.

La mer n'est nulle part plus belle et plus changeante,
Qu'aux rivages sacrés que domine Agrigente,
Qu'aux grèves où Palma dresse son front riant.
Au matin, quand l'aurore au fond de l'Orient
Paraît, dans des splendeurs pourpres d'apothéoses,
La mer semble jonchée et couverte de roses;
Plus tard, elle est d'un tendre et diaphane bleu;
Plus tard encor, quand le soleil est au milieu
De sa course, les flots ont des teintes dorées
Et brillent de rayons. La fraîcheur des orées,
La fraîcheur des forêts monte du gouffre vert,
Quand le ciel s'assombrit et quand l'astre est couvert
Par un nuage blanc que le vent du nord pousse;
Si le vent vient du sud, la nue ardente et rousse
Teint les vagues d'un chaud reflet de bronze clair.
Parfois un ouragan s'élève, alors la mer
De ses gouffres de nuit vomit des flots pleins d'ombre,
Des flots veinés d'argent et d'or, d'un bleu très sombre,
Et l'on dirait qu'ils sont en lapis-lazuli.
Quand la douceur du soir sur l'espace poli
Comme un miroir d'acier, se répand et s'épanche,
La mer se vêt d'argent et paraît toute blanche,
On dirait que la mer est couverte de lys!
Elle a d'autres couleurs encor; ses vastes plis
Empruntent son éclat à tout rayon qui rôde :
Rubis, saphir, topaze, améthyste, émeraude;

10.

Elle a tant de joyaux et de toilettes, tant!
Qu'elle ne peut fixer son caprice inconstant,
Entre la robe rose, ou bleue, ou violette...
Moi, je crois que la mer est femme — et très coquette!

IV

April.

Quand enfin nous vivrons selon mon espérance,
Nous passerons le mois du printemps à Florence.
Je connais un palais, pas trop grand, isolé,
Parmi des orangers, près de Fiésolé,
Dans un repli charmant de la haute colline.
C'est un nid frais et parfumé d'où l'on domine
La ville : fleur païenne et dont les toits vermeils,
Dont les dômes exquis, les tours, les murs, pareils
A ceux que Dante vit de sa prunelle épique,
Mêlent le Moyen-Age avec la Grèce antique.
Sur la terrasse, que des Dieux de marbre blanc
Surveillent d'un regard tranquille, il est un banc

D'où l'on voit à ses pieds fuir, fuir durant des lieues,
Vers l'horizon, des flots de ces collines bleues
Que peignirent si bien les maîtres primitifs.
Quelques bouquets de pins aux larges fronts et d'ifs
De grands ifs noirs, aigus, d'une façon très nette
Dessinent sur l'azur leur sombre silhouette...
Là, je T'adorerai, pieux et recueilli.
Sais-Tu que le divin Sandro Botticelli,
— Je suis un peu jaloux de ce hasard étrange! —
A donné Ton regard au plus beau de ses anges!

V

May.

Mai, si Tu veux — toujours si Tu veux, c'est certain ! —
Nous passerons le mois d'azur au cap Martin.
Tu l'aimes bien, le Cap, autour duquel la houle
Chante... En mai, nous l'aurons tout à nous ! Cette foule
Odieuse, qui vient pour Monaco, le jeu,
Les corsos, les concerts — et le soleil un peu ! —
Part pour d'autres endroits où l'appelle la mode.
Nous irons écouter la mer dire son ode,
Et je Te traduirai ses rythmes à genoux.
Pauvre Cap ! Hâtons-nous d'en jouir ! Hâtons-nous !
On l'embellit, on le défriche, on le morcelle ;
Chaque juif de bon goût s'en offre une parcelle ;

On élève des murs, on bâtit des villas,
On plante des jardins — oh! superbes! — Hélas!
Il est un seul détail que, timide, je blâme :
Notre Cap est hanté par une vieille dame
Poétesse! — oh! combien à tort! — et de travers...
La douce créature a fait sculpter des vers (?)
Dans le granit impitoyable d'une stèle.
S'affolant à l'espoir de se rendre immortelle,
Elle a payé très cher la stèle de granit
Sur laquelle, en jargon pompeux, elle bénit
Cette ombre noble et douce, et fièrement artiste,
Qui nous enveloppait de son sourire triste...
Pauvre reine aux divins caprices, si hautains!
Il te faut donc servir de réclame aux crétins!

VI

June.

Juin. — D'avance je sais que Tu vas me répondre :
« Nous ne pouvons passer le mois de Juin qu'à Londre! »
Londre est charmante alors sous son clair voile bleu
Que le soleil, timide amant, soulève un peu...
Et puis c'est la « season », le mois des fêtes folles!
Soyons donc très mondains, très légers, très frivoles!
Moi je ne fais jamais les choses à demi!
Courons, dansons, volons, tourbillonnons, parmi
Les dîners, les concerts, les bals, les teas, les mille
Plaisirs qu'un homme doit subir pour être utile
A son prochain. Soyons utiles, mon amour!
Tu changeras de robe au moins dix fois par jour!

Je veux Te voir partout et toujours les plus belles!
Je Te composerai des odes de dentelles,
Des hymnes de satin chanteront Ta beauté,
Et moi je marcherai, superbe, à Ton côté.
Nous serons insensés, c'est être vraiment sage!
On entendra, tout bas, dire sur Ton passage :
« C'est elle qui vécut ce poème charmant!
Qu'elle est belle!... Qu'elle est belle!... Adorablement! »
Et Tu me souriras, enivrée et ravie...
Le bonheur est complet lorsqu'on sent qu'on l'envie!
Seulement, je suis très jaloux! Je ne veux pas
Qu'un autre — écoute bien! — Te prenne dans ses bras,
T'entoure de ses mains frémissantes, Te frôle,
Se penche sur Ton cou, caresse Ton épaule,
Respire le parfum exquis de Tes cheveux,
Te dise du regard : « Oh! comme je te veux! »
La danse est un plaisir qu'un mari seul dénigre...
Mais Tu ne danseras jamais qu'avec Ton tigre!

VII

July.

Si ce caprice étrange et bizarre Te plaît,
Nous irons nous cacher, tout le mois de Juillet,
Dans un village du Surrey, dans un village
Très petit, où se trouve un très petit cottage.
Ses murailles, son seuil, son toit ensevelis
Sous des festons de vigne et de volubilis,
Sont couverts de fleurs d'or et de fleurs violettes.
Comme Tu porteras, là, de simples toilettes,
Les gens nous montreront le dédain le plus clair...
— D'où viennent-ils ? — On ne sait pas ! — C'est quelque clerc
De la Cité, sans doute ! — Elle est assez jolie !
— Aussi ce qu'il l'adore ! — Oh ! C'est une folie !

17

— Ils ont une servante! — Ils en ont une? — Oui!
— Ces clercs ne se refusent rien! — C'est inouï!
— Ma chère, n'est-ce pas? — Ce que cela dépense!
— Oui, jusques au jour où... — Je frémis quand j'y pense
Mais (sans vouloir porter des jugements trop prompts)

(Baissant la voix.)

Peut-être a-t-il volé ses patrons! — Ses patrons!...
— Je n'ai rien affirmé! — Sans doute! — Je suppose!
— Non, vous avez raison, il a vraiment l'air *chose*!...
Voilà ce que diront ces dames. Leurs époux
Ne se montreront pas plus indulgents pour nous.
Les très grands potentats du tout petit village,
Dédaigneux, lèveront le nez sur mon passage,
Et sans même honorer d'un bref « how do you do »
L'humble couple amoureux, qui vient on ne sait d'où,
Ils sauront nous prouver, par une froideur digne,
Qu'exister à leur ombre est un honneur insigne.
Nous, sans trop nous courber sous le dédain amer
Du Squire, du Recteur, du gentleman farmer,
Nous serons très petits, très humbles, très modestes,
Et nous aurons l'illusion qu'il ne nous reste
Que nous-mêmes à nous. — Pour beaucoup c'est trop peu!
Alors nous marcherons enlacés, mon cher Dieu,
Par les ravins profonds, vers les bruyères roses,
Sous les ormes feuillus; je Te dirai des choses

Folles, et nous serons très joyeux, nous rirons,
Nous prendrons de grands bains de soleil, nous irons
Écouter la forêt qui, sous sa robe verte,
Tressaille de désir à tout désir offerte,
Nous lui raconterons nos baisers triomphants.
Et le Recteur dira : « Oh! Dear me! quels enfants! »

VIII

August.

Dearest, j'ai dans un coin de la terre française
Une grande maison, un château Louis Seize,
Penche-Toi, mon amour, je Te dirai son nom.
C'est blanc, frais, lumineux, gai comme un Trianon
Qui ne conserverait qu'un souvenir de fêtes.
Les arbres sont très vieux et portent haut leurs faîtes,
Les fourrés sont ombreux, les gazons sont épais,
Des platanes géants tombe une immense paix.
Un Cupidon joufflu se dresse, tutélaire,
Sous une colonnade ouverte et circulaire ;
Les cascades ont des gazouillis éclatants ;
Des cygnes, lents et fiers, voguent sur les étangs ;

Des dieux de marbre sont debout dans chaque allée.
On a très bien peigné la grande échevelée,
Et lorsque la Nature ici parle trop haut,
Mon jardinier lui dit : « Ce n'est pas comme il faut! »
C'est bien le cadre exquis d'une idylle idéale,
L'amour en veste rose, en robe lilas pâle.
Et c'est là si Tu veux — si Tu veux avant tout! —
Que nous irons à deux passer le mois d'Août!

IX

September.

L'ÉCOSSE, sous sa brume, est parfois un peu terne,
Allons passer Septembre, à Genève ou Lucerne !
Allons voir le Pilate austère, le Titlis,
Qu'écrase à l'horizon son lourd chapel de lys.
Lucerne, portant haut sa couronne murale,
Au bord de son lac clair, blanche et rouge, s'étale,
Et le souffle des monts de glaciers bleus couverts
Fait sur leurs gonds rouillés grincer ses volets verts.
Tu ne dis rien ! Je vois que mon conseil T'étonne !
Grosse et fraiche « Gretchen » bien saine et bien teutonne,
Lucerne doit déplaire au Latin que je suis !
On y parle allemand et Tu sais que je fuis

Avec dégoût, avec une profonde haine,
Le spectacle hideux de la beauté germaine.
Leur langue m'humilie. Indubitablement
Le singe primitif parlait en Allemand.
La Germanie obèse est contente et repue ;
Femmes, bourgeois, soldats, jeunes gens, chacun pue
Nauséabondamment, l'orgueil, le croirait-on !
L'inexprimable orgueil de n'être qu'un teuton !
Mais malgré tout, en dépit d'eux, vierge divine,
La Nature est toujours auguste, altière et fine !
Elle est pleine de race et de noblesse, elle est
Si belle que, pour moi, le teuton le plus laid,
Cou de taureau, triple menton, nez écarlate,
Lorsque je le rencontre au sommet du Pilate,
Si je ne me sens pas encor très fraternel,
Je l'excuse de dire : « *Och ! Schoene ! Der Teiffel !* »

X

October.

C'EST à Paris — pourvu toujours que Tu le veuilles ! —
Que nous vivrons au mois de la chute des feuilles !
Les marronniers, le long du « Cours la Reine » ont pris
De chaudes couleurs d'ambre et dans le brouillard gris,
D'un gris perle très doux qui s'élève du fleuve,
Les peupliers, tout fiers de la parure neuve
Qu'ils reçurent des nuits fraîches de fructidor,
Encadrent les flots bruns comme un double quai d'or.
Dearest, Paris n'est point la grisette mutine,
Que l'on croit parmi vous : c'est la cité latine
Forte et robuste dans sa grâce et sa beauté,
C'est notre reine et nous aimons sa royauté !

Sa gloire réunit la gloire de tout âge :
Rome par la fierté, Sparte par le courage,
Corinthe par la grâce, Athènes par l'esprit,
C'est « la Ville » partout ou l'Art règne et fleurit.

. . . .

Devant tous ses trésors de gloire et de lumière,
Tu douteras : ma race est-elle la première ?...
Je verrai s'incliner un peu Ton front hautain,
Et Tu m'en voudras moins de mon orgueil latin !

XI

November.

Novembre va venir! Fuyons ces cieux moroses!
Viens! Allons nous asseoir au faîte des tours roses,
Que Boabdil longtemps le glaive au poing garda,
Allons voir resplendir la Sierra Nevada,
Voir sourire et briller Grenade l'andalouse :
Fleur rose et verte, au pied de la Sierra jalouse
D'où le vieil Alhambra la surveille, comme un
Maure, très amoureux, très superbe et très brun.
Tu redoutes l'Espagne... On le voit à Ta moue!
Écoute! Le chemin de Grenade à Cordoue
Est le plus merveilleux qui soit sous le soleil!
Le pays, parsemé d'oliviers, est pareil
A quelque vieux tapis, d'un roux clair, presque jaune,
Semé de bouquets verts. Chaque village trône
Blanc, dans le clair azur, sur le faîte d'un mont.

Tous, ils ont le même air sauvage, tous ils ont
De hauts minarets blancs et des murailles fauves.
Plus loin, c'est la Sierra : cimes rousses et mauves,
Rochers nus, ruisselants d'ombres et de rayons.
Parfois entre deux monts farouches, nous voyons
Apparaître un instant une plaine fertile,
Un lac de frondaisons épaisses dont une île
De palais bruns, de toits rouges, de sombres tours
Domine au loin les flots.

                Je veux passer des jours
Entiers, à Te conter d'une façon complète,
Tout ce que j'ai souffert dans l'ombre violette
D'un soir d'Août; assis dans le Généralif,
Sur un vieux banc de marbre jaune, au pied d'un if
Séculaire; songeant à Toi, ma bien aimée,
Songeant à Toi dans l'ombre claire et parfumée,
Où chantaient les jets d'eau des sultanes. Si seul!
Si seul! Si glacé! Tel qu'un mort dans son linceul!
Soir terrible et maudit! Je Te croyais perdue
A jamais! Écrasé d'une angoisse éperdue
Je T'appelais, je T'appelais du fond du cœur,
Et sous mes pieds, farouche, et sinistre, et moqueur,
L'Albaycin, vomissant sa vile populace,
De ses fandangos fous, blessait mon âme lasse.

XII

Décember.

Si, dans ce dernier vœu, rien ne Te contrarie,
Allons à deux passer Décembre en Algérie,
Dans quelque villa blanche à Tugurt ou Biskra,
Devant l'ardente immensité du Sahara.
Nous irons nous asseoir sous les grêles platanes
Et nous regarderons partir les caravanes
Pour des pays lointains, mystérieux et noirs.
Nous les verrons partir, s'enfoncer dans les soirs
Éclatants, sous le ciel aux bandes écarlates :
Les grands chameaux chargés de leurs couffins de dattes,
De tentes, de tapis, d'outres; les ânes lents;
Les cheiks silencieux, bruns dans leurs burnous blancs;

Les nègres grimaçants des sourires énormes;
Les femmes dans leurs sacs sans couleurs et sans formes;
Nous les verrons passer, fuir vers l'immensité,
Comme si nous étions d'une autre humanité,
Sans nous inquiéter de leurs âmes lointaines,
De leurs vains idéals, des espérances vaines
Qui bercent tous ces fronts et guident tous ces pas!
Que nous importeront ces êtres? N'est-ce pas,
Que nous importeront leurs craintes, leurs détresses,
Leurs songes, leurs terreurs, leurs désirs, leurs tendresses?
Nous serons seuls! Autour de nous le genre humain :
Caravane emplissant de clameurs le chemin,
Pourra passer : fronts vils, fronts superbes, fronts sombres,
Fronts ornés de rayons, fronts environnés d'ombres,
Riches, pauvres, puissants, ouvriers, rois, devins...
Nous autres, sans savoir rien de leurs émois vains,
Nous ne regarderons que le désert splendide!
Tels que ces vieux chrétiens qui, dans la Thébaïde,
S'en allaient, le regard fixé sur le ciel bleu,
Dans l'orgueil infini d'être seuls avec Dieu!

RHAPSODIE XXI

I

Ce côté littéraire n'existe point pour moi! ..
La Mort de Pérennis, iv.

MES vers, on ne doit pas vous aimer, je le sens!

II

Je ne désire point, de mes plaintifs accents,
Voir la foule louer la force ou l'harmonie.
Qu'importe que l'on dise autour d'une agonie :
— « Comme il meurt avec grâce, et comme il sera beau
Pour dormir à jamais dans la nuit du tombeau. »

18.

Qu'importe que l'on dise : « Il lui sied d'être pâle! »
Ou que l'on vante la sonorité du râle
Qui déchire ma gorge et brise mes poumons!
O force invincible et morne que nous nommons
Fatalité, que sommes-nous dans ta main sombre?
Comment! J'aurai souffert des tortures sans nombre,
Je me serai devant moi-même humilié,
Sous mon fardeau, j'aurai saigné, j'aurai plié,
J'aurai passé des jours, des mois et des années,
A revivre en esprit quelques heures damnées,
J'aurai vécu mille ans, je serai mort cent fois,
J'aurai passé, fantôme effrayant et sans voix,
Hagard, et me tordant les mains dans les ténèbres,
J'aurai rempli la nuit de sanglots si funèbres
Que le Sort à bien dû s'amuser, s'il entend!
Certes! qu'il n'a jamais dû s'amuser autant!...
Et tout cela pourquoi? Dans quel but ce supplice?
Pourquoi ces pleurs, ce sang, ce fiel dans ce calice?
Puis-je savoir, ô Fatalité! dans quel but,
Tu m'as dit : « Lève-toi, poète, et prend ton luth! »
Mes pauvres vers donneront-ils un peu de joie
A quelque infortuné que ton caprice broie?
Mes chants désespérés, ô Sort, verseront-ils
A de mornes vaincus, en leurs rythmes subtils,
La douceur qui console ou l'oubli qui délivre?...
Songes fous! Espoirs vains! Le destin de mon livre,

Je le connais ! Je sais, ce fils de mon amour,
Ce qui l'attend ! Et pour qui j'ai travaillé...

                                                 Pour

Qu'un bourgeois qui s'apprête à caresser « Madame »
S'excite un peu par le spectacle de mon âme
Désespérée, et s'engourdisse au coin du feu,
Songeant : je veux ce soir dire à Nanon : — « Mon Dieu ! »
Pour qu'en son cœur naïf une cocotte songe :
Quel « miché » ce Monsieur ! Heureuse qui le ronge !
Pour qu'un critique obscur déclare, compétent :
Lamartine est plus tendre, Hugo plus éclatant,
Musset plus naturel, Banville plus sonore...

Si Tu savais combien il faut que je T'adore,
Enfant, pour surmonter mes immenses mépris,
Et confier le soin de Te porter les cris
D'une âme que Ta grâce inexprimable enivre,
A la voix imbécile et banale d'un livre !

RHAPSODIE XXII

Prière à Aphrodite

XXII

Repose ton front las! Ferme tes yeux ternis!
La Mort de Pérennis, IX.

Lorsque j'avais seize ans, tu t'en souviens, Déesse,
Doux éphèbe pensif, sans autre amour que l'Art,
Parfois, fuyant en songe aux rives de la Grèce,
Je rencontrais ton char en route, par hasard.

Je te disais : « Prends-moi ma fortune et ma vie,
Ma force, mon honneur, ma joie et mon orgueil,
Prends-moi tous les bonheurs qui font que l'on m'envie,
Fais de l'obscur néant de mes jours un long deuil! »

« Fais de moi l'insensé dont chaque sot se joue,
Et que chaque imbécile insulte avec humour,
Trop las pour essuyer leurs crachats sur sa joue;
Déesse, prends-moi tout, mais donne-moi l'amour! »

J'ai vingt-six ans, le front ridé, la tempe grise,
Mon rire a l'amertume immense des sanglots,
Sans motif, en causant, ma voix soudain se brise,
Mon visage amaigri fait sourire les sots;

J'entends autour de moi s'étouffer quand je passe,
Les bons mots dédaigneux, les rires méprisants,
Qu'excitent mon œil morne et ma démarche lasse,
Et j'espère mourir bientôt... — J'ai vingt-six ans!

Merci! merci! Car tu visitas ma demeure!
Tu posas sur mon front ton baiser surhumain!
Déesse! pour combler mes vœux, fais que je meure!
J'ai vu l'amour! J'ai vu l'amour sur mon chemin!...

RHAPSODIE XXIII

Femme de Poète

RHAPSODIE XXIII

Oh! Celle qui joignant sa faiblesse à la mienne
La Mort de Pirenuis, II.

!

Oui! Vous avez bien fait, Vous avez été sage,
Vous que le sort a mise un jour sur mon passage,
De prendre un chemin différent,
Et de ne pas unir Votre vie à ma vie...
Hélas! mon sort n'a point excité Votre envie,
Jeune fille, je le comprend!

J'aurais voulu de Vous, pour ma compagne aimée;
J'aurais rempli de Vous ma pauvre âme, charmée
    De pouvoir se donner enfin;
Me dévouer à Vous, sans réserve, sans trêve,
Réaliser tous Vos désirs, tout Votre rêve,
    Eussent été ma seule fin!

Je n'eusse pas connu d'ivresse plus profonde,
Je n'eusse pas cherché d'autre joie en ce monde
    Que de voir Votre front joyeux!
Que de Vous voir briller; de Vous dire : « Je t'aime! »
Et de nous faire vivre un splendide poème,
    Digne de fixer Vos beaux yeux!

Mais Vous eûtes raison de prendre une autre voie,
Et de me refuser, jeune fille, la joie
    D'être à Vous, à Vous pour toujours!
C'est choisir un Destin de dévouement austère,
Que d'aider le poète à porter sur la terre,
    Le fardeau de ses tristes jours!

Lorsqu'il passe, muet et pensif, calme et grave,
La foule ne voit pas trembler la main qui grave
     Les mots immortels sur l'airain;
Lorsqu'il passe emporté par son divin quadrige,
La foule ne voit pas les yeux pleins de vertige,
     Les yeux fous sous le front serein!

Lorsqu'il est arrivé sur les cimes dernières,
La foule ne sait pas, hélas! combien d'ornières
     Ont vu trébucher le héros;
Lorsqu'il chante, superbe, une ode aux mots de flamme,
La foule ne sait pas combien a souffert l'âme,
     Qui resplendit en ces grands mots!

Et puis à chaque instant, c'est la Haine ou l'Envie,
Qui voudraient le blesser, empoisonner sa vie,
     Qui voudraient le mordre au talon;
Qui jettent sur son nom leur insulte ou leur bave!...
Lui, dédaigneusement, leur répond : « Je vous brave,
     Sifflez, serpents, après l'aiglon! »

Oui, mais Vous, Vous savez que le divin poète
Est un enfant timide et qu'une ombre inquiète,
    Qu'un rien blesse, qu'un rien meurtrit;
Un pauvre œil que remplit la vision d'un gouffre,
Un pauvre front sensible et douloureux qui souffre,
    Qui souffre à mourir et sourit!

Vous, Vous savez qu'il est si tendre ce farouche,
Qu'il suffit qu'un nuage au ciel passant le touche
    De son ombre pour le blesser,
Pour le laisser saignant, meurtri de son passage,
Pour le tuer peut-être, et que rien, ce nuage,
    Ne peut l'empêcher de passer!

II

La foule ne voit pas que l'artiste qui joue,
Du noir autour des yeux et du rouge à la joue,
    Achille, Apollon ou César,
Et qui passe traîné vers des apothéoses,
Habillé de rayons et couronné de roses,
    Quatre chevaux blancs à son char,

N'est qu'un Ephèbe blême ou qu'un vieillard sinistre,
Au crâne chauve et plat, aux yeux cernés de bistre,
        Maigre, petit, chétif, blafard;
Et qu'il n'a rien de beau, ni de fier, ni d'épique,
Lorsqu'il est descendu de son char héroïque
        Et qu'il s'est lavé de son fard!

Hélas! et nous aussi, les enivrés de rêve,
Vieillis, ridés, usés par nos labeurs sans trêve,
        Par l'épuisant baiser de l'Art,
Quand nous quittons l'extase où notre âme est ravie,
Quand le héros descend du Songe dans la Vie,
        Il n'est plus qu'un faible vieillard!

III

Oh! je suis las! Poser mon front sur Ton épaule!
Oublier l'Univers! Ne plus jouer ce rôle
        De héros, d'être surhumain!
Être un enfant naïf, confiant, doux et chaste!
Nous en aller à deux dans un jardin très vaste,
        Ta petite main dans ma main!

IV

Tu fis bien de choisir, pour Te montrer la route,
Un homme qui n'a point d'angoisse, et qui ne doute
    Ni de lui-même, ni de Dieu!
Moi je ne crois en rien; je suis las, je suis sombre;
Belle enfant, Tu fis bien de me laisser dans l'ombre,
    Même si j'ai souffert un peu!

Tu fis bien : en ce monde on doit être égoïste!
Et vraiment il fallait que le poète, triste,
    Fût bien aveugle ou fût bien fou,
Pour croire un seul instant que Toi, joyeuse et blanche,
Tu mettrais Ton front fier près de son front qui penche,
    Et Tes bras autour de son cou!

Que Tu suivrais son âpre et douloureuse voie,
Que Tu rirais pour lui donner un peu de joie,
    Que Tu chanterais au passant
Qui, défaillant, gravit son calvaire tragique,
Et que Tu voudrais bien, ma douce Véronique,
    Essuyer mes larmes de sang!

Oui, c'était insensé, j'en suis honteux, pardonne!
Je T'offrais de porter avec moi la couronne
    D'épines qui meurtrit mon front,
Mon sceptre de roseau, la royale tunique
Qui fait rire et crier la cohue ironique,
    Ma croix, mes chaînes, mon affront!

Va, sois heureuse enfant! Ris, aime, chante, oublie!
Je boirai seul le fiel, je boirai seul la lie,
    Mon amour, je gravirai seul
Mon calvaire au milieu de la huée infâme,
Sans avoir à la lèvre un seul baiser de femme,
    Je dormirai dans mon linceul!

Je n'aurai pas eu, moi, Marie ou Magdelaine
Pour effacer l'outrage et racheter la haine,
  Pour pleurer au pied de ma croix,
Et tandis que la foule autour de moi blasphème,
Nul cœur ne me dira : « Mon amant, je vous aime!
  Maître! Seigneur, en vous je crois! »

Hélas! je ne suis pas un Dieu qu'on crucifie!
Je ne suis qu'un enfant, triste et doux, qui se fie
  A quiconque lui tend la main!...
Qu'on m'abandonne donc sur la lugubre cime,
Qu'ils jettent leur insulte à la morne victime,
  Ceux qui passent sur le chemin!

RHAPSODIE XXIV

Lorsque mon souvenir...

XXIV

J'ai là Son portrait, sur mon cœur!...
La Mort de Pérennis, v.

Lorsque le souvenir de Ton amant effleure,
Ton cher front, sans regret, consens à perdre une heure,
Consacre, je T'en prie, un fugitif instant
A revoir en esprit celui qui T'aima tant !
Surtout, ne me fais point passer, morne, farouche,
Désespéré, hagard, un blasphème à la bouche,
Étouffant des sanglots et me mordant les poings.
Peut-être, quelquefois, seul, tout seul, dans des coins
Solitaires, où nul n'a vu mon agonie,
Comme un chien qui, le soir, hurle sous l'infinie

Angoisse de la mort qu'il sent passer au loin
J'ai crié... Mais j'étais seul, tout seul, dans un coin...
Nul ne m'a vu! je puis regarder bien en face,
Avec tout mon orgueil ceux près de qui je passe,
Et j'ai l'air d'un monsieur comme un autre! Parfois
Un peu sombre, un peu las, et laissant dans ma voix
Percer un peu, — si peu! — d'amère indifférence;
Mais on ne dirait pas que, tel Dante à Florence,
Vivant, j'ai vu l'enfer devant moi s'ouvrir; mais
L'horreur de mon tourment nul ne l'a su, jamais!

Je suis très différent de ce que Tu peux croire :
A vingt-six ans, on n'a point encor l'âme noire
Quels qu'aient été les deuils que l'âme ait dû porter!
Je veux, du souvenir que Tu dois emporter
De moi, voir chaque trait me refléter, fidèle;
Et Ton âme du moins, puisque je n'ai plus qu'elle,
Me reverra parfois tel que je suis, et non
Tel qu'on me peint, posant au pied du Parthénon :
Philosophe, profond et sage, qui radote
Comme un jeune Socrate, imprégné d'Aristote,
Qui vit, enveloppé de son noble péplos,
Et le soir, va rythmer, d'harmonieux sanglots
Sous le calme regard d'une lune très grecque;
On me croit un savant, rat de bibliothèque,
Cherchant la poésie en des bouquins moisis;

On me croit un pédant, parlant à mots choisis,
Avec sérénité sur des choses antiques;
Vivant, en songe, avec des femmes... historiques;
Observateur, allant le regard en dessous,
Scrutant les cœurs, sondant les reins, et croyant vous
Avoir analysé, jusques au fond de l'âme,
Après qu'il vous a dit deux fois : « Bonjour, madame,
Il fait beau, ce matin ! » — J'en suis extrêmement
Fâché, mais je n'ai rien de cet être charmant!

J'abhorre le travail; je déteste d'écrire;
Je suis très paresseux : j'aime à jouer, à rire,
A chanter. Je suis gai, sans malice et sans fiel;
Je suis très ignorant : très « superficiel »
Disent avec des nez dédaigneux et maussades
Les gens graves. Pour moi, vois-Tu, dix Iliades
De plus, ne vaudraient pas dix vers de Lord Byron.
Depuis que je suis né je n'ai lu qu'environ
Cinq livres sérieux — en comptant ces volumes
De Nurses' Songs qu'ensemble au bord des flots nous lûmes..
C'était très pathétique aussi, ces Nurses' Songs :
Le mariage avec Jenny Wren, et les longs
Discours de Parson Rook, et la façon traîtresse
Dont le moineau tuait Cock Robin... Peut-être est-ce
A ce manque absolu de lectures de fond,
Que je dois de ne point avoir un air profond,

Et d'avoir conservé, seul bien auquel je tienne,
Une âme blanche, et douce, et semblable à la Tienne!

Donc, mon amour, je suis, c'est là mon portrait vrai,
Un ignorant, un simple, un enfant enivré
Par la chanson des mots qui tombent de sa bouche.
Si j'étais Ton mari, très jaloux, très farouche,
Je passerais ma vie à T'entourer de moi.
T'ennuyer, Te lasser, serait mon seul effroi.
Écrivant le mot « fin » sous mes œuvres complètes,
Mon art se réduirait au choix de Tes toilettes;
Je me réserverais ce soin essentiel.
Les nez grincheux diront : « Humph! Superficiel! »
Mais ils ont tort, les nez grincheux! Ne leur déplaise!
Leur « humph » est très vilain; leur grimace est niaise;
Chacun à sa façon cherche son bonheur... Soit!
Que nul ne juge autrui! Personne n'a le droit
De dire du voisin : « C'est un fou! — Je suis sage! »
Nous avons tous le même espoir, notre voyage,
Croyons-nous, nous conduit au bonheur, et parmi
Les obstacles, joyeux et d'un cœur affermi
Nous allons... Mais, hélas! une chose est certaine :
Nul n'atteignit encor cette terre lointaine
Où se dresse la Ville Inconnue, et que tous
Croient connaître si bien! Hélas! Quels sont les fous?...

Bonheur! Bonheur! Où donc es-tu, ville inconnue?...
Et vers quel point faut-il se tourner sous la nue,
Qui voit marcher vers tes murs blancs l'humanité
Depuis tant de mille ans, pour te trouver, Cité,
Cité sainte, de paix, de lumière et de vie,
Qui toujours, ô mystère! a trompé son envie!
Qui faut-il écouter? Le prêtre ornant l'autel
Où viendra s'incarner et mourir l'Immortel?
Ou bien l'aimable et vain disciple d'Épicure
Qui dit : « Je n'ai qu'un jour à vivre et je n'ai cure
D'infini, d'éternel et de tous ces grands mots!
Je veux la vaste paix des sages animaux,
Du soleil et du vin, des roses et des femmes,
Je ne veux rien de plus! » — Pourquoi donc en leurs âmes,
Ces gens semblent-ils tous dévorés du désir
De proclamer qu'ils sont parvenus à saisir
Le secret de l'insaisissable, et que leur route
Est celle qu'il faut suivre à tout prix?... Si l'on doute
De la réalité de leurs espoirs, si l'on
Semble admettre que leur chemin n'est pas le bon,
Il faut se résigner à subir leur outrage :
« Insensé!... » C'est la moindre insulte que leur rage
Vous jette... Moi, comme eux, j'ai mon but et ma foi :
A travers tout, ô mon amour, je vais vers Toi!

Mais oublions ces gens et leurs cris hydrophobes!
Je Te disais combien m'intéressent Tes robes :
J'adore tous leurs plis, leurs rubans et leurs nœuds,
L'ombre de leurs velours, leurs satins lumineux,
Leur soie aux clairs reflets qui ronronne, amoureuse,
Autour de Tes genoux une ode langoureuse,
Au rythme harmonieux de Ta marche; le doux
Flot de dentelle frais qui glisse et rampe sous
Ta jupe, et T'enveloppe, et T'entoure, et Te presse,
Et s'imprègne de Ton parfum, en sa caresse!

Comme un buveur d'éther qui meurt de son plaisir,
N'ose que rarement céder à son désir,
De crainte que son cœur sous l'ivresse insensée
Ne s'arrête, ainsi, moi, je n'ose en ma pensée
T'évoquer, m'enivrer de Ton cher souvenir,
Que rarement!... Mon rêve alors Te fait venir
A moi comme jadis... Nulle ombre ne dérobe
Ton visage à mes yeux. Chaque pli de Ta robe,
Chaque contour est là, toujours tel qu'autrefois...
Je ne Te vis jamais, mieux que je ne Te vois,
Et je crains de mourir du bonheur qui me grise!
Le plus souvent Tu viens avec Ta robe grise,
En fin damas de laine à ramages, au col
Garni de satin vert; elle effleure le sol

Par derrière, et Tu dois la retrousser d'un geste
Plein de grâce mutine et coquette. Je reste
Des heures à Te voir passer, vêtue ainsi,
Souriant de Ton air pensif. Parfois aussi
Tu parais à mes yeux, portant cette toilette
Que Tu n'eus que plus tard : Ta robe violette
Avec des galons noirs sur la poitrine, autour
De la taille, et des chous de rubans. C'est un jour
Très clair d'Avril, le ciel est plein d'une lumière
Vermeille, et je Te vois, souriante, très fière,
Très pâle, Tu descends dans un sentier étroit,
Entre de vieux murs gris... Et le poëte croit
Avoir vu s'éloigner sa jeunesse adorée,
Quand Tu t'éloignes, dans la lumière dorée
Qui glisse en chauds rayons sous les grands pins obscurs,
Et qu'il demeure seul, seul entre les vieux murs !

Mais, ô mon cher amour ! la vision qui semble
S'attacher à mon âme, et que mon âme tremble
De voir, et que pour fuir je fais un vain effort,
Vision de douleur, de désespoir, de mort :
C'est celle qui Te fait passer — beau front qui penche
Sous un long voile blanc !... — dans une robe blanche !

RHAPSODIE XXV

Et j'ai dit en songeant à Toi...

XXV

Et Dieu ne verra pas, auprès de moi, de femme,
Et Dieu ne verra pas marcher à mon côté
D'être suave et fier revêtu de beauté...

La Mort de Pérennis, v.

Et j'ai dit, en songeant à Toi : « Que je plains Dieu !
Il est là seul, tout seul, dans l'espace, au milieu
De l'énorme infini que son regard gouverne.
Il est là seul. Jamais son front ne se prosterne
Devant un être cher; et jamais il ne peut
Souffrir pour son amour; et jamais, dans le nœud
Fragile et caressant des deux bras d'une femme,
Il n'a senti serrer ses épaules! On blâme
Les amants en son nom. Pauvre Dieu ! J'ai compris
Qu'il doit être jaloux lorsque Tu me souris,
Qu'il doit sentir combien cette extase où se noie
Ma raison, est cent fois meilleure que sa joie

D'être le Tout-Puissant et d'être l'Éternel.
Mon amour! Mon amour, il peut garder son ciel,
Ses champs d'azur et d'or, ses chérubins, ses anges,
Et ses astres peuplés d'humanités étranges;
Il peut tout dominer d'une telle hauteur
Que rien, homme ou soleil, ne soit pour lui, l'Auteur,
Plus qu'un ver ou qu'un grain de sable sur la plage;
Il peut modifier d'un seul mot son ouvrage;
Ébranler l'Univers rien qu'en levant le doigt;
Créer de la lumière en disant : « Qu'elle soit! »
Et n'y voir qu'un reflet de sa splendeur suprême...
Mais je le plains, puisqu'il n'est pas celui qui T'aime,
Puisqu'il ne peut pour Toi, ni souffrir, ni sentir
Son être, à Tes genoux, d'amour s'anéantir;
Puisqu'il est le Seigneur que Tu crains, non l'Esclave
Sur le front las duquel Ton sourire suave
Descend parfois, caresse et flamme, lui laissant
Une pâleur d'extase inouïe, en passant.

A quoi me servirait de posséder le monde,
De tenir l'univers dans ma droite profonde,
Et d'être l'Éternel et le Souverain Roi,
Si je ne pouvais point, à genoux devant Toi,
Te dire : Ce pouvoir sur la terre et l'espace,
Ordonne, mon amour, que veux-Tu que j'en fasse?

RHAPSODIE XXVI

Cris vers Elle

XXVI

Chaque matin, au bord de la mer, sur la route
Blanche et claire, je vais... Je vais l'attendre !

La Mort de Pérennis, v.

I

Mon amour adorée, oh! viens vers Ton poète...
Vers cette âme pour Toi, pour Ton seul culte, faite,
Vers cet être éperdu qui T'appelle et T'attend
Pour enivrer Ta chair du poème éclatant,
Du poème sans mots que chanteront ses lèvres!
Viens, laisse-moi T'aimer! Viens, au feu de mes fièvres,
Abandonne Ton corps, Ton beau corps, tout entier!
Viens, sois moi! Fondons-nous en un même brasier!

Dans le rouge manteau brûlant de mon étreinte,
Roule Ta nudité blanche et douce, sans crainte;
Viens! nous avons vingt ans! Viens, nous sommes des Dieu
Viens! dédaignons les cris des hommes envieux!
Viens! je suis Apollon, mon amour, Toi, Diane,
Et nous irons à deux, dans la nuit diaphane,
Qui sous les hauts troncs noirs s'épanche en rayons bleus,
Bien plus beaux que les dieux des siècles fabuleux!
Dans mon amour pour Toi, je sens, enfant bénie,
Que j'ai plus de clarté dans l'âme et de génie,
Que n'en eurent jamais les plus fameux amants!
Viens! et n'écoute pas, si l'on dit que je mens
Et que je suis un homme après tout... Bien aimée,
Je ne suis pas un homme! et mon âme est fermée
A leurs songes grossiers, à leurs espoirs obscurs!
Tous mes désirs sont beaux! tous mes désirs sont purs!
Car je suis le poète harmonieux! Mon âme
Est comme un tourbillon de lumière, une flamme
Qui jette une clarté divine, et qui me rend
Plus beau que les plus beaux, mon amour, et plus grand!

Loin de l'époux morose et sombre, ô Béatrice,
Rejoins Dante ébloui! L'humanité complice
Vous envie et sourit, lorsqu'à deux vous passez
Dans votre noble et saint adultère enlacés!
Des poètes futurs, Tu seras l'héroïne,

Car Ton crime est sacré, car Ta faute est divine,
Nous sommes la Jeunesse et l'Amour triomphants!
Viens! O viens! aimons-nous! Soyons les deux enfants
Qui vont, joyeux et fiers du désir qui les brûle,
Errer sur les sommets où meurt le crépuscule,
Dans la pourpre splendeur du grand ciel flamboyant,
Et dont le plus abject des ilotes, voyant
Marcher vers le soleil les ombres qui s'enlacent,
Dit en courbant le front :

« Voici des Dieux qui passent!»

II

Viens, je veux Te parler, tout bas... j'ai découvert
Un coin de terre exquis, éternellement vert,
Entre l'azur des flots dont Aphrodite est née,
Et l'azur du grand ciel. Durant toute l'année
C'est, parmi les rochers aux ardentes couleurs,
Comme un bouquet géant d'oléandres en fleurs,
D'orangers, d'oliviers, de rosiers séculaires.
Nous irons nous cacher, là; vivre solitaires,
Dans ce coin ignoré, sublime et merveilleux,

21.

Où l'on voit, au-dessus d'un golfe, aux flots très bleus,
Sur le front sculptural des falaises lointaines,
L'immortelle blancheur du Parthénon d'Athènes.
Nous aurons un palais de marbre, pas trop grand,
Car nous y serons seuls, ensemble, consacrant
Notre vie à l'amour, tout entière, sans trêve.
Viens! Oui, c'est décidé! Nous partons! je T'enlève!
N'hésite pas! Je sais!... on T'a dit maintes fois,
Quand, dans la solitude, il ne faut pas un mois
Aux cœurs les plus épris pour sentir la fatigue,
Que la satiété, suit l'amour qu'on prodigue,
Et je crois que c'est vrai, car tous l'affirment, tous!
Les hommes sont ainsi, pauvres brutes! — Mais nous!

Viens, enfant! Tu seras ma muse et mon génie!
Sans Toi, le cœur rempli d'une angoisse infinie,
Dans l'ombre de mes jours je m'en vais au hasard;
Rien ne me charme plus, ni la Beauté, ni l'Art!
Tel qu'un foyer sans flamme, ou qu'un oiseau sans aile,
Ou qu'un œil dont la nuit a rempli la prunelle,
Je suis l'obscurité, l'impuissance et l'effroi...
Ma lumière, ma flamme et mon aile : c'est Toi!
Viens! Parais! Resplendis sur mon front qui s'effare!
Je serai le brasier étincelant, le phare,
L'aigle au regard ardent fixé sur le soleil!
Tu feras du front noir un front divin, pareil

A ces fronts que chantait la poésie antique,
Et quand nous marcherons, dans la splendeur épique,
Dont nous entourera notre amour glorieux,
Crois-moi, nous sentirons que nous sommes des Dieux!

RHAPSODIE XXVII

Je L'aime

XXVII

Je t'aime! Je t'aime! Et jusqu'à l'heure suprème
Je veux crier : Je t'aime! et répéter ton nom!

La Mort de Pérennis, v.

Je suis un mort, dans un tombeau. Morne, je songe
Au temps où je vivais, et cette horreur me ronge
D'avoir été vaincu par les Destins plus forts.
Il fait noir; il fait froid; j'ai mal. Dans mes efforts
Pour ouvrir mon cercueil et pour briser ses planches,
J'ai meurtri mes genoux, mon front, mes pieds, mes hanches;
Et le sang de mes mains ruisselle sur mes bras.
Dans la nuit, une voix me répète tout bas :
« C'est par Sa volonté, Cadavre, que tu souffres;

Ton âme est dans un lac de flamme, dans des gouffres
De bitume et de poix; c'est par Sa volonté!
C'est ton Dieu, c'est ton Dieu! Ta douceur, ta bonté,
Ta pureté parfaite, infinie et suprême,
Qui te damne et te hait! »

                    Moi, je réponds : « Je L'aime! »

Et la voix dit : « Cadavre, au fond du tombeau noir,
Renonce à t'enivrer d'un désir sans espoir!
Ton cher Dieu ne veut point alléger tes supplices.
Il est là, dans Son ciel, parmi d'ardents délices,
Qui te regarde. Il voit l'horreur de ton tourment;
Il sait comment vers Lui tu tends éperdument
Les mains; comment tu dis : « Seigneur, je Vous en prie,
O mon Dieu, vers mon front que Votre front sourie,
Que je puisse parfois, tout au fond du ciel bleu,
Un instant entr'ouvert, apercevoir mon Dieu! »
Imbécile damné, qui ne veux pas comprendre,
Que ce Dieu, vers lequel tu ne songes qu'à tendre
Les mains, te voit avec plaisir, avec orgueil,
Ensanglanter ta chair aux parois du cercueil!
Qu'il dit à ses élus : « En regardant cet être
Qui se tord en enfer, apprenez à connaître,
O vous que j'ai choisis, combien on peut souffrir
Loin de moi!... » Va! jamais, son ciel ne doit s'ouvrir

Pour qu'un rayon d'amour luise sur ton front blême,
Damné, qu'il a maudit! »

              Moi, je réponds : « Je L'aime! »

Et la voix dit : « Cadavre, au fond du tombeau noir,
Tu peux, quand tu voudras, guérir ton désespoir ;
Tu peux, quand tu voudras, sortir de tes ténèbres,
Sortir de ton cercueil, dénouer les funèbres
Liens de ces serpents, autour de tes deux bras!
Fais un effort d'orgueil, dis un mot, tu vivras!
Tu seras la clarté, la joie et la jeunesse!
Damné, rien qu'un seul mot, pour que ton front renaisse
Fier, vainqueur, triomphant, superbe, souverain,
Plus sublime cent fois, plus haut et plus serein,
Que celui de ton Dieu lui-même. Oh! crois-moi, jette
Vers lui ce cri puissant qui sauve et qui rachète,
Dis-lui qu'il est méchant, dis-lui qu'il est mauvais,
Dis-lui que ton amour est mort, que tu le hais!
Par ta haine, ô maudit! Damné, par ton blasphème,
Tu ressusciteras! »

              Moi, je réponds : « Je L'aime! »

RHAPSODIE XXVIII

Avant de T'avoir rencontrée...

XXVIII

Est-ce une heure de joie? Est-ce une heure de deuil?

La Mort de Pérennir, 1.

Avant de T'avoir rencontrée,
J'étais un éphèbe joyeux :
Ame d'idéal pénétrée,
Cœur serein, front fier et doux yeux.

Je voulais être un grand poète,
Un prophète, un guide, un flambeau,
Une lumière sur un faîte,
Un Prêtre du Bien et du Beau.

Une voix forte, qu'on écoute
En silence au sein de la nuit;
Un appui pour l'esprit qui doute,
Un abri pour l'âme qui fuit...

22.

Mais je savais, âme inquiète,
D'une étrange angoisse effleuré,
Que l'on n'est pas un grand poète,
Avant d'avoir longtemps pleuré!

Tu m'as couronné de génie,
Chère enfant qui me fis souffrir;
Mais je ne dis pas : « Sois bénie! »
Car l'immortel voudrait mourir!

Hélas, s'il en est temps encore,
Reprends ce don qui m'a meurtri,
Et que mon silence T'adore
Plus que mon chant, plus que mon cri!

C'est Ton amant que je veux être,
Et non point Ta divinité!
J'aime mieux enivrer mon être
D'infini que d'éternité!

RHAPSODIE XXIX

Je ne suis point jaloux!...

XXIX

Lorsque je La tiendrai, contre ma chair serrée,
Que je pourrai lui dire enfin : « Mon Adorée ! »
Regardant bien en face et défiant le Sort
Comme je lui crierai : « Va ! je suis le plus fort ! »

La Mort de Pérennis, v.

I

ET l'on m'a dit :

Tout est fini ! — Tout est fini !
Il faut te résigner ! vers un autre infini
Il faut tourner ton âme et diriger ton rêve ;
Elle est morte pour toi ; le drame obscur s'achève ;
D'un autre elle apprendra le grand secret : l'affreux,
Le suprême secret ! Tandis qu'ils sont heureux,

Tourné vers ta Jeunesse, à jamais déflorée,
Qui, sous son voile noir, pâle fille éplorée,
S'éloigne lentement par les chemins déserts,
Jette-lui tes adieux, dans le calme des airs,
Où descend en silence un triste soir d'automne.
Oh ! Tandis que le ciel de feux encor rayonne,
Poète, hâte-toi, car la nuit va venir,
Et tu ne la verras plus jamais revenir,
Sur la route funèbre au loin d'ombre inondée.

II

Mon amour, quand, le soir, Tu songes accoudée
Au bord de Ta fenêtre, et que Ton âme sent,
Devant le gouffre obscur où le monde descend,
Un besoin de songer aux aurores prochaines,
Frissonnante, de voir frissonner les grands chênes,
De les voir, anxieux, offrir au vent du soir
Leurs fronts échevelés, plus noirs que le ciel noir,
N'as-Tu pas désiré, jusques à la souffrance,
Le calme, le repos, la paix, et l'espérance
En des jours de lumière, en des jours de soleil ?...
Ton cœur, Très Chère, au cœur du poète est pareil,

Et mon œil, dans la nuit, cherche aussi la lumière
D'un soleil, dont l'éclat, inondant l'âme entière,
La remplisse à jamais de chaleur et de jour...
Et je l'avais trouvé ce soleil : Ton amour !

Ah ! que m'importe à moi, désormais, que m'importe
Ma jeunesse qui fuit et le temps qui m'emporte
Tandis qu'elle s'en va vers l'Occident vermeil !
Que m'importe ! Il fait nuit ! Je n'ai plus de soleil !

III

Crois-Tu qu'il T'aime autant, Ton mari ? Qu'en sa vie
Tu sois tout ? Que, sans Toi, son âme inassouvie,
Sans flamme et sans désir soit comme un gouffre noir ?
Que Tu sois son seul but et son unique espoir ?
T'a-t-il dit :

      « Je désire être éternel — quand même
Ce serait en enfer ! — pour Te crier : « Je T'aime ! »

Non ! Le Sort n'a pas fait deux êtres aussi fous

De Toi, de Ta beauté! Je ne suis pas jaloux!
Non, je ne le suis pas, mon amour, car cet homme
Ne Te possède point, ne T'enivre point, comme
Je Te posséderais! Comme je saurais, moi,
Verser à tous Tes sens un affolant émoi!
Car il n'a point mes mains, car il n'a point ma bouche,
Il n'est pas Ton lion, indomptable et farouche,
Il n'est pas Ton serpent aux onduleux replis!
Jamais son front n'a fait les songes inouis,
Les beaux songes vertigineux que mes ivresses
Incarneraient en Toi! Le jour où mes caresses
Te vêtiront de leur manteau de pourpre et d'or,
Ce jour-là, mon amour, Tu seras vierge encor,
Jamais un autre, ainsi, ne T'aura transportée,
Ne T'aura, d'un effort si surhumain, jetée
Au-dessus de la fange où rampent nos plaisirs!
Je ne suis pas jaloux! je vivrai mes désirs!
Nous marcherons à deux, un jour, ma fiancée,
Sur la route vermeille où je vais en pensée,
Si souvent... Tu sais bien, là-bas, près de la mer,
Où mon front, autrefois, rayonnait sous Ton cher,
Sous Ton divin sourire!...

                    A présent, sois sa femme!
Moi, je ne souffre point, car je sens, en mon âme,
Que mon heure viendra bientôt! Et Tu verras :

Le jour où je T'aurai sur mon cœur, dans mes bras,
Le jour où je pourrai Te dire :

       « Bien-aimée,
Penche-Toi! Vois mon âme à Tes pieds abimée,
Dans un vertige tel, d'amour, de passion,
Que rien, nul mot, nul cri, nul chant, nulle action,
Ne pourrait T'exprimer et Te faire comprendre
Mon éblouissement devant Toi! Pour la rendre
Cette extase insensée où je marche éperdu,
Il faut un cri, comme on n'en a point entendu,
Il faut plus que de l'art et plus que du génie!... »

Tu verras, Tu verras alors, vierge bénie,
Tu verras que Ton cœur était encor fermé!
Tu verras, mon amour, que Tu n'as point aimé!

RHAPSODIE XXX

A ceux qui peuvent chanter pour Elle

XXX

Si quelque voix amie...
Si quelque douce voix, un jour très gravement
Lui disait...

La Mort de Pérennis, v.

I

Hélas! vers bien-aimés que mon amour cisèle,
 Vers qui charmez mon désespoir,
Quand vos rythmes plaintifs chanteront devant Elle,
 Dans le silence ardent du soir,
Vous ne Lui direz rien des tourments du poète;
 Mes vers, vous ne Lui direz rien!
Vous ne serez qu'un cri sauvage, un cri de bête,
 Un rauque hurlement de chien!
Elle vous entendra, la prunelle inquiète :
 « Que dit-il de moi? sur quel ton?

23.

« Dans quelle intention son œuvre est-elle faite?
     « Me hait-il? Que pensera-t-on?... »
Mais ce que j'ai souffert, mais comment je L'adore,
     Vers impuissants, il faudra bien,
Malgré vous, il faudra que mon amour l'ignore...
     Mes vers, vous ne Lui direz rien!

II

Poètes blonds, dompteurs de ces mots, ignorés
Du fils des noirs Latins, vous qui charmez Sa vie;
Poètes qui bercez Ses songes adorés,
O frères inconnus, comme je vous envie!

Moi, barbare étranger, mon chant le plus vainqueur,
Et les envols les plus puissants de ma pensée,
Ne feront rien passer de mon cœur en Son cœur!
Mon âme tout entière en vain s'est élancée

Vers Elle!...

            Elle n'a vu qu'un geste de mes mains...
Un geste désolé de mes mains éperdues,
Lorsqu'Elle s'éloignait par de nouveaux chemins,
Et que ma voix, pleurant les extases perdues,

L'appelait! — Lui criait en vain de revenir!
De poursuivre avec moi la route commencée!
Et de nous en aller, à deux, vers l'avenir!
Mon âme tout entière en vain s'est élancée

Vers Elle!

      Elle n'a rien entendu de mes cris!
Elle n'a pas compris votre voix cadencée,
Vers maudits, vers obscurs!... Elle n'a pas compris!
Hélas! Et tu n'as plus eu d'aile, ô ma pensée.

Poètes blonds, dompteurs du langage inconnu
Dont les doux mots tantalisaient mon ignorance,
Candide et fraternel, vers vous, je suis venu.
Dites-Lui mon amour! Dites-Lui ma souffrance!

III

Dites-Lui mon amour! Dites-Lui que jamais,
Aucun homme n'aima plus que je ne L'aimais!
Dites-Lui que je L'aime encor! Qu'en ma pensée
Elle est seule debout : célébrée, encensée,

Sur un piédestal d'or, devant lequel je suis
Humblement prosterné! Dites que je La suis
D'un long regard d'adieu, de regret et d'envie,
Tandis qu'Elle descend le fleuve de la vie,
Sur Sa barque aux pavois joyeux; et que je meurs,
De voir que le Silence et le Temps, noirs rameurs,
Poussent, vers l'horizon où monte une nuée,
La chère barque à chaque instant diminuée,
Car la distance croît, l'oubli, sombre courant,
Dans ses flots éternels, au loin, déjà la prend!

Non! Dites que le sort est moins cruel qu'il semble!
Dites-Lui que toujours nous passerons ensemble,
Aux yeux de l'avenir, par votre art convaincu,
Dans l'ombre de ce temps où nous avons vécu,
Jeunes et lumineux comme des dieux antiques,
Mêlant nos cris plaintifs, nos sanglots, nos cantiques
De désir, en un chant à jamais immortel!
Dites-Lui que, toujours, mon cœur restera tel
Qu'à présent : supportant sans faiblir sa souffrance,
Obstiné dans l'amour, ferme dans l'espérance!
Dites que je L'attends, serein, dans ma maison,
Tressant patiemment la rouge floraison
De ces poèmes fous, de ces fleurs de pensée,
Qui La couronneront un jour, ma fiancée!...

IV

Dites-Lui ma douleur!

      Si je dois La revoir
Rien ne réparera l'abominable chose!
Oh! parlez-Lui de moi dans l'angoisse du soir!
Frères, faites passer sur l'horizon morose,
Pour Ses grands yeux divins qui seuls pourront le voir,
L'amant maudit, qui va mourir de désespoir...
Ne le couronnez point de laurier ou de rose;
Que ce Couchant ne soit point une apothéose;
O Poètes! que la nudité de ce Soir
N'ait point de voile pourpre en un deuil grandiose!...
Que mon front soit livide et que le ciel soit noir!

RHAPSODIE XXXI

Paroles devant l'Infini

XXXI

Pardonnez-moi, mon Dieu! je vous aimais en Elle!
La Mort de Pérennis, v.

PRÉLUDE

Dans la chapelle obscure où la Sainte en extase,
Pleurait et sanglotait d'amour,
Aux pieds saignants du Christ, dont le désir l'embrase,
Je viens T'évoquer à mon tour,
O mon Maître Éternel, ma Lumière, ma Joie,
Mon Dieu! Devant Toi prosterné,
J'adore! Et du délice où ma raison se noie,
Vers Toi, monte un cri forcené.

La nuit sur Avila, Très Chère, est descendue;
De lourds nuages bruns passent dans l'étendue

24

Et glissent lentement sur le disque argenté
De la Lune. Le vent qui les pousse a chanté
Dans les rouges déserts que le grand soleil brûle,
Et c'est leur pourpre, et c'est leur soleil qui circule
Dans mes veines, porté par son souffle vainqueur,
Au plus profond de ma poitrine et de mon cœur!
Parais! que cette ardeur qui vers nous est venue,
Des fauves profondeurs de la terre inconnue,
M'inspire un chant que tous les siècles rediront,
Un chant d'une harmonie inouïe, éternelle,
Qui soit comme un rayon, et qui soit comme une aile,
Dignes de caresser la splendeur de Ton front!...

ADORATIONS

I

Mon Dieu! Mon Dieu! Je me prosterne et je T'adore!
Je T'adore! La nuit du vieux temple sonore
Nous cache à tous les yeux dans ses voiles ardents!...
Viens! enveloppe-moi de Toi!... Viens! prends-moi dans
La douceur de Tes bras, la douceur de Ton âme!
Mon amour! laisse autour de Toi couler la flamme
De mes baisers, et de mes cris, et de mes pleurs!
Viens! ouvre Ta tunique aux brillantes couleurs
Et prends-moi sur Ton cœur! prends-moi sur Ta poitrine!
Et que les longs cheveux de Ton front qui s'incline
Ruissellent sur mon front, mêlés à mes cheveux!
Mais non, je ne suis pas Ton amant! Non, je veux

Être Ton serviteur seulement! Ton esclave!
Agenouillé devant Ton sourire suave
Je veux passer ma nuit tout entière, à prier
A Tes pieds, à crier : « Je T'adore! » A crier
Le désir éperdu dans lequel tout mon être
S'abîme devant Toi : Toi! mon souverain Maître!

II

O mon amour, je T'aime à genoux! je T'adore!
Viens! prends-moi! que le feu de Ta chair me dévore!
Que je n'existe plus! que je devienne un peu
Toi! quelque chose, enfin, de Ton être! Mon Dieu!
Ma beauté! Que je sente en mon cœur, goutte à goutte,
Ton sang passer avec toute Ton âme! Toute!
Fondons-nous! mêlons-nous! soyons un! Laisse-moi
Me perdre, m'oublier, m'anéantir en Toi!

III

Ne m'abandonne pas! Reste, mon âme est lasse!...
Laisse-moi m'endormir dans Ton bras qui m'enlace...

Laisse-moi m'endormir sur Ton cœur, et mourir!
Ne T'en va plus! Comprends combien je vais souffrir
Désormais, mon amour, dans la nuit de ce monde,
Seul, loin de Toi, perdu dans cette ombre profonde,
Où sont Tes ennemis et Tes blasphémateurs.
Fuyons ce monde impur! Dis les mots créateurs!
Délivre de sa chair mon âme, en Toi ravie!
Passons du froid néant de cette froide vie,
A cette ardente et douce vie où Tu m'auras
Toute l'éternité vibrant entre Tes bras!
Oh! ne desserre pas l'étreinte qui me presse!
Sur mon front las, que Ton souffle brûlant caresse,
Pose Tes chères mains, clos pour jamais mes yeux,
Je Te verrai toujours, et c'est cela les cieux!

IV

Mon Dieu, mon Dieu! Je me prosterne et je T'adore!
Nul n'écoute! la nuit du vieux temple sonore
Nous cache à tous les yeux dans ses voiles ardents.
Viens! parais, mon amour! mon amour! Parais, dans
L'immortelle splendeur de Ta beauté! Je T'aime!
Je T'aime!...

24.

Ah ! sois maudit, vain mot, toujours le même !
Mot vide, mot banal, mot que d'autres ont dit,
O mot prostitué, mot souillé, sois maudit !
Va ! tu n'as pas assez de vigueur dans ton aile,
Faible mot, pour porter tout mon amour vers Elle !
Oh ! n'avoir que ce mot, n'avoir que ce vain mot,
Pour exprimer l'ardeur de cet immense flot
De flamme, au sein duquel mon âme se consume,
Ainsi qu'un papillon au milieu du bitume,
D'un cratère géant !

      — Je T'adore, mon Dieu !
Penche-Toi, vois, comprends toute l'ardeur du feu
Qui me consume, et me pénètre, et me dévore !
Mon Dieu ! mon Dieu ! Je me prosterne et je T'adore !

*Écrit dans la chapelle d'Avila-des-Saints,
le 3 Juillet 1899.*

RHAPSODIE XXXII

Le Plaidoyer du Damné

XXXII

... Loin d'Elle,
Plus doux est le bonheur auquel est condamné
Pérennis, plus il souffre et plus il est damné...

La Mort de Pérennis, VIII.

ALORS la grande voix, au fond du ciel sans borne,
Résonna. J'entendis tomber sur mon front morne
Ces mots, dans un profond silence, solennel :
« Maudit ! je te condamne au supplice éternel ! »

Et j'ai crié : « Seigneur, écoutez ! La sentence
Est juste ! Je suis mort dans mon impénitence !
Je suis mort, répétant au mépris de la loi :
« Mon amour, à jamais, je n'aimerai que Toi ! »

Mais même ici, devant votre regard terrible,
Sous les dards enflammés dont votre courroux crible
Tout mon être que brûle un atroce tourment,
Je dis : je n'eus point tort de faire ce serment!...
Laissez-moi vous parler! Vous expliquer! Vous dire
Mes raisons! Et, peut-être, avant de me maudire,
Vous verrai-je songer et réfléchir un peu,
Car vous êtes très juste et très sage, ô mon Dieu!

Durant les courts instants où j'errai sur la terre,
Triste passant, dont l'âme ardente et solitaire,
S'affolait d'un désir d'éternel, de divin,
Je vous cherchai longtemps, longtemps! Toujours en vain!
Vous avez entendu ma prière importune,
Combien de fois j'ai dit : Seigneur, Seigneur, rien qu'une
Preuve! Rien qu'un rayon au milieu de ces nuits!
Que je sache où s'en va la route que je suis!
Où vont tous ces chemins que je croise sans trève!
Est-ce Constantinople, ou Rome, ou bien Genève,
Qui répète les mots que vous avez dictés?...
Seigneur, de grandes voix montent de tous côtés,
Emplissant l'infini de leurs credos sans nombre,
Hélas! et moi, Seigneur, je ne vois que de l'ombre,
Où ces foules ont vu votre Divinité!
Qui faut-il écouter? Qui dit la vérité?
Faut-il croire Kong-tsé, penseur tendre et sublime?

Platon, grande clarté, sur une haute cime ?
Bouddha, mystérieux comme un lotus en fleur ?
Ou le doux Jésus-Christ qui dit : « Pardonnez-leur ! »
Chacun a sa façon d'expliquer le mystère !
Faut-il croire Renan ? Faut-il croire Voltaire ?
Seigneur, tous ces gens-là sont plus malins que moi !
A qui faut-il répondre et crier : Je vous crois !...

Enfin, désespéré devant votre ciel vide ;
Lassé d'interroger en vain, d'un œil avide,
Ses profondeurs... je me suis dit : Dieu n'entend pas !
Je suis trop vil. Je suis trop petit et trop bas.
Je suis trop orgueilleux, et trop laid, et la bête
En moi parle trop haut. Et j'ai baissé la tête ;
Et puis comme en mon cœur le désespoir grondait,
Comme nul n'écoutait et ne me répondait,
Comme je voulais fuir, lutter, me remplir l'âme
D'un idéal, d'un Dieu : j'adorai cette femme !

Vous le savez, ô vous qui savez tout, mon Dieu,
Rien d'infâme ou d'impur ne ternissait ce feu !
C'était vraiment un Dieu que j'adorais en Elle :
C'était une tendresse infinie, éternelle,
Prête à tout supporter, prête à tout souffrir ! tout !
Pourvu que Son bonheur, non le mien ! fût au bout.
Un seul désir hantait ma pensée à toute heure :

Me consacrer à ce bonheur; rendre meilleure
La route sur laquelle Elle devait passer,
Sans songer à moi-même et sans m'embarrasser
De savoir, s'il fallait donner ou ma fortune,
Ou ma vie, ou ma joie; et sans attendre aucune
Récompense. Non! Rien! Rien! Sinon de La voir
Toute blanche, passer sur mon horizon noir!

Appelez devant vous, ô Seigneur, ces cohortes
A qui de votre ciel vous ouvrites les portes :
Faites venir ici vos anges et vos saints,
Vos Apôtres, prêchant vos glorieux desseins,
Et vos rouges Martyrs tenant leurs palmes vertes,
Et vos Vierges ; blancheurs de purs lys blancs couvertes;
Vos Cénobites bruns, aux squelettes pareils,
Tant le feu de leur âme et le feu des soleils
Ont consumé leur vêtement de chair impure;
Vos Ermites, drapés dans leurs robes de bure,
Vos Pontifes, sereins comme sont les beaux soirs,
Vos Lévites, rythmant l'envol des encensoirs,
Droits, dans la claire nuit des portiques du temple,
Vos Thaumaturges, dont l'œil grave vous contemple,
Vos Docteurs, dont la voix fait taire les railleurs,
Appelez les plus grands, appelez les meilleurs,
Et Paul, et Simon, Pierre et Jean que vous aimâtes,
Magdelaine baignant vos pieds las d'aromates,

Thérèse qui pleurait dans le soir enflammé
Du désir de souffrir pour son Dieu bien-aimé,
Et devant eux, Seigneur, vous pourrez me maudire,
S'il est, parmi leur foule, un seul osant vous dire,
Qu'il fut plus follement devant vous prosterné,
Qu'il vous adora plus ardemment, que je n'ai
Adoré, que je n'ai, moi, prosterné mon âme,
Devant les pieds mortels de cette faible femme!

Non! Ce n'est pas assez! Non! Je dis plus encor!
Qu'ils viennent tous, le front ceint de leur nimbe d'or,
Qu'ils écoutent ma voix dans mon défi suprême!
Seigneur, il est aisé de te dire : « Je t'aime »
A toi, le Tout-Puissant, le Très-Saint, le Très-Pur,
A toi, Maître Éternel de l'éternel azur!
Mais puisque tu connais nos humaines pensées,
Tu sais bien qu'elles sont toujours intéressées,
Ces tendresses qui vont vers de plus hauts que soi!
Hé! bien, ce n'était pas un Dieu, que j'aimais, moi!
C'était un pauvre front dont l'aile des années
Eût bientôt fait tomber les couronnes fanées;
C'était une pauvre âme, ayant plus d'un côté,
Que n'éclairait jamais ta lumière, ô Beauté!
Qu'importe! Éperdument prosterné devant Elle,
J'ai vécu répétant : c'est Toi, mon immortelle!
C'est Toi, mon Infini! Toi, mon Éternité!

                                    25

Je ne veux pas, devant d'autre divinité
M'agenouiller, prier, brûler l'encens! Si même
Il est un Dieu plus grand, s'il est un Dieu suprême,
Hé! bien, je ne veux pas incliner devant lui
Le front sacré sur qui Ton clair sourire a lui!
Je sens que je ne puis, sans mensonge et blasphème,
A tout autre qu'à Toi, dire ces mots : « Je t'aime! »
Que ce serait tromper, que ce serait mentir,
Et que jamais, jamais! je ne pourrai sentir
Ni penser autrement, même si dans l'Abime,
De ce Dieu méconnu, je dois être victime!...

Dieu, lequel de vos saints vous adorait ainsi?...

Voilà pourquoi j'ai dit, et je répète, ici,
Que si vous aviez pris en mon cœur la première
Place, si vous m'aviez donné votre lumière,
Si j'avais pu d'abord vous connaître, je dis :
Je serais le plus grand dans votre Paradis!

Table

TABLE

25.

TABLE 295

TABLE 297

Paris. — Imprimerie A. LEMERRE, 6, rue des Bergers.

POÈTES CONTEMPORAINS

Paris. — Imp. A. Lemerre, 6, rue des Bergers. — 0.-3608